Les printemps

Collection dirigée par Caroline Bongrand

NATHALIE
BIANCO

Les printemps

Sixième(s)

Jour 1

Manava

Le plus difficile pour moi, ça va pas être de devoir rester tout le temps chez moi. Le plus difficile, c'est d'avoir mal aux fesses.

Tout le temps.

Quand je m'assois, quand je me couche, mais aussi quand je marche, ou juste quand je suis debout, ça fait un mal de chien. Il paraît que ça fait partie des séquelles, que c'est normal et que ça va s'estomper. Personne peut comprendre. Sauf ceux qui ont fait l'opération. Je regrette rien. Elles sont sublimes, je les kiffe. Partout, je les contemple et les admire : dans la rue, quand je me promène, je cherche à les voir dans les vitrines. À chaque fois, je suis éblouie : ça me rend heureuse d'avoir un cul pareil.

Les *boobs*, ça me fait pas le même effet. Pourtant, l'opération est réussie : ils déchirent, eux aussi ! Enfin, je devrais dire

« les deux opérations », parce que la première fois, ça m'a pas vraiment plu : ils étaient trop petits. J'ai mal anticipé l'effet final : ça faisait joli, mais pas « waouh ! » Et moi, j'ai toujours voulu être une fille *waouh*. C'est pour ça que le silicone est mon *best friend*.

Je suis assez contente, au final. J'ai vingt-et-un ans, le plus beau cul du monde, des *boobs* en obus, une bouche pulpeuse, des cils immenses, des sourcils redessinés poil par poil grâce à une artiste de la micropigmentation, des faux ongles, des extensions qui me font les cheveux longs et hyperlisses. Je déchire !

On s'en fout de ce qui est vrai ou de ce qui est faux, de ce qui est rajouté. L'authenticité, c'est un truc de losers. Avant d'être bombasse et d'avoir de l'argent, avant d'habiter ici, dans cet immeuble parisien plutôt cool, je vivais en banlieue et je me souviens de Jef, le voisin qui mettait tout son fric dans sa voiture. D'une banale Mercedes, il avait bricolé une voiture de ouf, style *Fast and Furious*, sur laquelle tout le monde se retournait. Il avait tout changé : les pare-chocs, la peinture, les pneus. Les gens le trouvaient peut-être un peu chelou, mais en vrai, il faisait de mal à personne, il améliorait juste ce qui lui tenait à cœur.

Je suis comme Jef : mon *body*, c'est ma Benz, et la chirurgie esthétique, c'est mon tuning... J'ai tout changé et j'adore le résultat. Je pourrais passer facile pour une des sœurs de Kim Kardashian.

Kim, c'est mon modèle, mon amie, ma sœur, mon double. Je lui parle souvent dans ma tête. C'est con, mais j'ai l'impression qu'elle m'entend, qu'elle me comprend et, souvent, ça m'aide. C'est comme les gens qui ont une religion : chacun choisit de croire en ce qu'il veut, du moment qu'il emmerde personne, que ça l'aide et que ça reste un délire perso, dans sa tête. Sauf que Kim, c'est pas une sainte, et qu'elle est un peu plus badasse que la Vierge Marie !

Par exemple, quand j'ai fait mon opération des fesses, j'étais complétement dans les vapes, je planais et j'entendais sa voix qui me disait : « Tiens bon, Manava, tiens bon. » (Kim est universelle, elle parle toutes les langues.) À un moment, j'ai même eu des hallucinations, je crois, à cause des médocs contre la douleur ; alors je l'ai vue !

Elle était là, trop belle, dans la chambre de l'hôpital, dans une combinaison léopard qui moulait ses formes de ouf et un long manteau blanc. Sa silhouette de bombasse se reflétait dans le chrome des barres du lit, et elle illuminait littéralement la chambre de l'hôpital. Elle se tenait juste à côté de moi et me souriait. Enfin, j'imagine qu'elle me souriait, parce que je la voyais pas vraiment, vu que, pour cette putain d'opération, il faut rester couché sur le ventre pendant des semaines. En fait, je voyais surtout sa lumière, son aura. Je sentais sa présence ; c'était limite cosmique. Je sais qu'elle était là et qu'elle me souriait doucement.

J'en ai parlé aux infirmières et au chirurgien, je leur ai dit que Kim venait me voir et m'encourageait. Bien entendu, ils m'ont pas crue, ces bouffons ! Ils ont prétendu que le léopard, la blouse blanche, c'était juste la silhouette de la dame qui vient faire le ménage dans les chambres de la clinique et qui, voyant qu'apparemment, j'avais super mal, m'encourageait gentiment.

Conneries ! Moi, je sais que c'est Kim, qu'elle m'aide et me soutient, parce qu'elle aussi, elle est passée par-là et elle sait la douleur que ça représente de se faire poser des prothèses à un endroit aussi sensible.

Donc tout ça pour dire que c'est pas leur connerie de confinement qui va me faire peur. Je m'en fous : ils ont dit qu'on pouvait sortir pour les actes de première nécessité. Je suis pas idiote, je limiterai au strict minimum. Tant que je pourrai continuer à aller chez le coiffeur, chez l'esthéticienne pour mes ongles et mes sourcils, et à la salle de sport, tout ira bien.

Les bases de la survie. Les bases.

Esther

Le plus difficile, pour moi, ce n'est pas de devoir rester tout le temps chez moi. Le plus difficile, c'est d'avoir mal aux articulations.

C'est quelque chose de terrible, parce que, lorsque je ne bouge pas, j'ai l'impression que tout va bien. Je me sens presque jeune, tout au moins normale, et en tout cas capable de me mouvoir sans difficulté. Alors je me lève, je tends la jambe, je plie un genou, je pivote ma tête, et la douleur arrive. Comme si mon corps, à chaque fois, se riait de ma naïveté en me faisant une mauvaise farce : « Tu crois que tout va bien ? Tu espères oublier ton âge ? Attends de te lever, ma vieille, attends un peu : au moindre mouvement, je vais me rappeler à ton bon souvenir ! » C'est contrariant.

Un autre problème, plus préoccupant en ce moment, est que j'ai eu la mauvaise idée de tomber, il y a quelques semaines. Fracture du col du fémur. C'est d'une banalité... J'ai toujours été d'un naturel assez conventionnel, et même dans ce domaine, je n'ai pas fait preuve d'originalité. J'ai été opérée.

Ça se remet en place petit à petit, et en attendant, je me déplace précautionneusement avec une béquille.

Avant le confinement, j'avais la visite d'un aide-soignant et du kinésithérapeute pour ma rééducation. Depuis cet affreux virus, seul David, mon petit aide-soignant, continue à venir pour changer mon pansement. J'aime beaucoup ce jeune homme, même s'il est un peu étrange. Désormais, il est presque mon seul lien avec l'extérieur, puisque le kiné m'a prévenue que les séances étaient interrompues jusqu'à nouvel ordre. Je continue toutefois à faire un peu d'exercice et à sortir tous les jours faire mon petit tour dans le quartier. Je prends l'ascenseur, je marche lentement. Parfois, je me pose sur un banc au soleil. Il paraît que c'est interdit. Tant pis ! Je suis trop âgée pour être disciplinée.

Pour le reste, je n'ai pas trop à me plaindre. J'ai quatre-vingt-six ans, je m'estime heureuse d'être encore chez moi. J'ai échappé à ces affreuses résidences de personnes âgées, j'habite encore dans mon appartement.

Personne ne peut comprendre l'infinie douceur qu'il y a à vivre au milieu de ses souvenirs. Chaque jour, je contemple les photos alignées sur les murs. Je m'y arrête à chaque fois. Je crois bien qu'il n'y a pas eu une seule journée où j'aurai été trop préoccupée ou bien trop pressée pour négliger cet hommage. Je les observe, je les scrute, comme si, en les regardant de près, attentivement, j'allais réussir à rentrer dedans et à capter l'essence même de la vie qui y est représentée.

Marc, bébé, sur mes genoux, hilare, barbouillé de confiture. Nous sommes dans le jardin, assis à même le sol, au soleil. Je plisse un peu les yeux, je souris, et mon bras l'entoure, ferme et protecteur, pour l'empêcher de s'échapper en rampant dans l'herbe. Comme si je pressentais déjà qu'il n'aurait de cesse, ensuite, toute sa vie durant, d'explorer le monde et de partir loin.

J'aime aussi beaucoup une photo de Béatrice, avec Georges, dans la neige. Elle doit avoir à peine deux ans et se tient debout, hésitante face à l'objectif. Elle n'a jamais marché dans la neige : c'est la première fois qu'elle découvre cette drôle de surface poudreuse qui se dérobe sous ses petits pieds. Lui, jeune militaire, fier et attendri, penché sur elle et qui lui tient la main : il semble l'encourager à avancer. Comme si sa seule présence suffisait à assurer à sa fille, éternellement, un monde sans danger. Je ne me lasse jamais de contempler cette tranquille assurance.

On ne se lasse jamais de regarder le bonheur. Voilà pourquoi ce confinement va sûrement être un peu désagréable pour la plupart des gens, mais en ce qui concerne mon quotidien, ça ne va pas changer grand-chose. Je suis déjà confinée volontaire, avec mes souvenirs, et je m'en accommode depuis longtemps. J'ai juste un problème de ravitaillement, parce qu'avec ma béquille, je ne peux pas porter des gros sacs.

Parfois, depuis mon accident, je demande aux jeunes voisins du rez-de-chaussée, mais je crois qu'ils sont partis se confiner à la campagne. J'ai vu que, sur le palier d'à côté, une famille vient d'emménager, avec un ado qui m'a l'air gentil et bien élevé. Si j'osais, je leur demanderais de m'aider. Je ne mange pas grand-chose, mais je tiens à continuer à cuisiner. Pas question que l'on m'apporte des repas à domicile tout prêts ou autres choses affreuses de ce genre ! Tant que je serai capable de battre des œufs en omelette, d'essorer une salade et d'ajouter une tranche de jambon, tout ira bien. Ah oui, il faut aussi que je puisse m'occuper de mes plantes, sur le balcon.

Les bases de la survie. Les bases.

Céline

Le plus difficile pour moi, ça ne va pas être de devoir rester tout le temps chez moi. Ça va être de devoir rester tout le temps avec eux.

Comprenez bien. Je les aime plus que tout. Mais être enfermée 24 h/24 ainsi, je ne sais pas si je vais tenir, et ça m'angoisse. Il y a des femmes qui ont instinctivement « le truc », qui savent à merveille concilier douceur et autorité, faire des tartes aux pommes, des menus équilibrés, inventer des histoires et des jeux.

Moi, je passe en permanence du mode baba cool au mode Kim Jong-un. Je crie, je tempête, je menace, je suis rouge, échevelée, et après, épuisée, je rends les armes, je vais sur mon balcon et je me grille discrètement une clope en pensant à Xavier Dupont de Ligonnès. Voilà un homme qui a résolu de manière radicale ses problèmes familiaux ! Non pas que je souhaite m'en inspirer (nous sommes confinés, donc je ne saurais pas où enterrer les corps), mais il me semble que je gagnerais à me faire un peu plus respecter dans cette famille.

Seulement, ils sont trois, putain ! Trois ! Deux jumeaux remuants d'à peine trois ans, Antoine et Gabriel, en permanence accrochés à mes basques, quémandant de l'attention, de la nourriture. Plus un ado agaçant de 1,80 m, Hugo, réclamant en permanence de la 4G, du wifi et de l'argent de poche pour acheter de l'herbe. C'était pourtant le rêve de ma vie : une famille nombreuse, des enfants, du joyeux bordel et de l'amour, partout, tout le temps. J'ai eu tout ça, et plus encore.

En revanche, ce que je n'avais pas prévu, c'est que je devrais élever cette petite tribu seule. Ce que je n'ai pas vu venir, c'est l'absence des géniteurs. Dans mes rêves, il n'y a jamais eu de divorces successifs par consentement mutuel, de pensions alimentaires et de pères désormais uniquement joignables par Skype ou WhatsApp à cause de cette saleté de confinement.

Je n'ai pas le choix, de toute façon : il faut que je tienne. J'ai procédé aux vérifications d'usage : le congélateur est plein de pizzas et de crêpes surgelées, le wifi et la TV fonctionnent parfaitement. Les enfants sont sauvés. Quant à moi, j'ai cinq cartouches de clopes et plusieurs bouteilles de Viognier au frais.

Les bases de la survie. Les bases.

Damien et Hugo

« Salut Fils, ça roule ?

— Yep. Slt dad.

— Bon, tu me racontes ta nouvelle vie, un peu ?

— Ben, c'est la hass...

— ? Traduction stp ? Tu sais que j'ai du mal avec ton charabia, encore plus par écrit.

— La misère. On est coincés, il paraît qu'il faut pas sortir. Le truc cool, c'est qu'il y a pas lycée. Mum a dit "ça va être bien, on va pouvoir passer du temps tous ensemble." En vrai, elle arrête pas de s'exciter et de crier. JPP.

— JPP = Jean-Pierre Papin ?

— Nan. J'en peux plus.

— Ok. Suis coincé aussi à Mulhouse. Je n'ai pas fermé le cabinet, je bosse, moi, je vais pas laisser tomber mes patients.

— La lose.

— La vocation, petit con ! ☺

— Mdr. En plus, Mum, elle a recommencé à bédave, elle croit qu'on le sait pas. Mdr.

— Bédave?

— Fumer. Elle s'est remise à fumer, en cachette.

— Promis je ne lui en parlerai pas, alors. De toute façon, elle sait ce que j'en pense.

— Elle va sur le balcon, elle pense kon la voit pas. PTR.

— Et ce nouvel appart, ça te plaît ?

— Mwé... C'est plus petit que celui d'avant, mais y a pas ce FDP d'Anthony !

— Euh... FDP je connais comme expression, j'ai pas besoin de traduction, mais même pour lui, c'est pas terrible cette façon de parler. Je sais que tu ne l'aimais pas, mais il reste le père de tes demi-frères et l'ex-mari de maman... T'es bien installé ?

— Yep, j'ai 1 chambre trankil, j'ai mis ma console au pied du lit. Mum dit qu'il manque 1 bureau pour bosser. Y a un balcon, mais il est étroit et y a juste une sorte de barrière pour faire la séparation avec les voisins, ça fait bizarre.

— Oui, ça s'appelle un balcon filant.

— Y a aussi une petite cour intérieure dans l'immeuble, où y a les poubelles, les vélos, des plantes... Cé un peu le sbeul mais cé oklm.

— ? Traduction stp.

— C'est un peu le bordel, mais on est au calme.

— Super. Je viendrai vous voir cet été si je peux, quand tout ça sera fini. En attendant, on s'écrit tous les jours sur WhatsApp, ok ?

— Yep. »

Jour 2

Manava

J'aurai jamais passé autant de temps à mon balcon. Pourtant, y a pas grand-chose à voir. Les rues sont désertes. En plus, ça m'énerve, parce qu'à ma gauche, il y a un autre balcon qui prolonge, et il y a la voisine, une vieille avec une béquille qui est souvent là, à épier, derrière ses plantes vertes (heureusement, ça fait un peu paravent, mais quand même, en penchant un peu la tête, on se voit vachement).

Avant le confinement, je l'avais même pas calculée. Il faut dire, que « avant », j'étais pas souvent chez moi non plus. Cet appart, je l'ai acheté avec mes premiers cachets, mais j'y ai jamais beaucoup vécu. La plupart du temps, je suis en voyage.

La voisine, c'est trop le genre de petite vieille curieuse, qui a pas de *life* et qui cherche à copiner. Si ça se trouve, elle est un peu folle, parce qu'elle me fait des petits signes et des sourires à chaque fois qu'on se retrouve sur nos balcons, elle et moi.

Moi, j'ai pas trop envie de me lier, alors je détourne la tête et je fais comme si je l'avais pas vue. Qu'elle compte pas sur moi pour lui faire la conversation ! Les vieilles, c'est pas ma cible : j'ai 800 000 followers sur mon compte Instagram, je les connais pas tous, mais ce dont je suis sûre, c'est qu'aucun n'a plus de trente ans ! (Sauf les chelous obsédés sexuels, bien entendu, mais je m'en fous : je les calcule pas !)

Elle, en plus, elle doit avoir au moins cent ans : elle est pas du tout dans le style des vieilles un peu stylées, genre Carla Bruni ou Mylène Farmer. Rien à voir. Elle, c'est une vraie vieille, petite, toute maigre, avec des rides et des cheveux blancs. On dirait la grand-mère sur les paquets de café. Ou plutôt non : celle dessinée sur les pots des yaourts quand j'étais petite. Voilà. C'est Mamie Nova.

J'en ai fait des pubs, moi aussi, pour des discothèques à Ibiza, pour des cabines de bronzage, pour une marque de faux ongles en résine et aussi pour des appareils de remusculation passive. C'est des sortes de ceintures bourrées d'électrodes, qu'on se met autour du ventre ; on branche, et hop, ça envoie des impulsions électriques qui contractent le muscle.

Je peux pas vous dire si ça marche vraiment, parce que moi, je suis déjà hyper bien gaulée du ventre comme du reste, rapport à mon souhait d'être toujours *waouh*. Mais croyez pas que ça me soit tombé du ciel : j'ai passé des heures et des heures à la salle de sport pour obtenir des abdos bien dessinés, ce qui me permet aujourd'hui de faire de la pub pour un appareil censé donner le même résultat sans y passer des heures. Bon, de toute façon, je m'en fous : ça m'a permis de me payer une partie de l'appart. Parce qu'au fond de moi, je suis persuadée que ça marche pas, ce truc. C'est évident que c'est une arnaque.

S'il y a une chose que je sais, c'est que *No Pain No Gain*. C'est l'un des tatouages de Kanye West, le mari de Kim. Ça veut dire qu'il faut en chier pour avoir des résultats et qu'au bout, y a que la persévérance qui paye.

Esther

Je n'aurai jamais passé autant de temps sur mon balcon. Pourtant, il n'y a pas grand-chose à voir. Avec ce virus, les rues sont désertes, et quand je sors faire mon petit tour, je ne croise désormais plus grand monde. Ça me désole, parce qu'en temps normal, le quartier est plutôt très animé.

Sur le balcon à ma droite, il y a une petite jeune fille qui a l'air toute charmante et timide. Je ne l'avais quasiment jamais croisée avant ce confinement. Je ne saurais pas dire pourquoi, mais j'ai l'impression que la vie ne doit pas être simple pour elle. D'abord, je pense qu'elle doit être assez pauvre, parce qu'elle est toujours vêtue de vêtements trop petits pour elle ou de pantalons avec de grands trous. Quelle misère ! Peut-être une étudiante sans le sou, qui n'a plus assez d'argent pour s'habiller une fois qu'elle a payé son logement.

En plus, j'ai l'impression que cette pauvre gamine souffre de malformation. Peut-être quelque chose de génétique ? À moins que ce ne soit le nuage de Tchernobyl qui ait provoqué cela ? Je me souviens avoir lu un article là-dessus avec Georges, mon défunt mari : il paraît que des tas de gens ont été irradiés et que les effets peuvent se répercuter sur les enfants. Le corps de ma petite voisine est un peu déformé : elle est toute fine, alors que son postérieur et sa poitrine sont disproportionnés. Ça ne doit pas être facile à vivre au quotidien, et elle doit avoir très mal au dos. Finalement, je n'ai pas à me plaindre, moi, avec mes quelques symptômes d'arthrose, et ça ne m'empêche pas de toujours faire très attention à me tenir bien droite.

Comme cette petite a l'air toute gentille, je lui souris à chaque fois que nos regards se croisent, par-dessus les herses de nos balcons respectifs et à travers mes plantes vertes. À cause de ses malformations, j'imagine qu'elle doit être un peu mal dans sa peau, et c'est sûrement par timidité qu'elle détourne la tête.

Ce n'est pas grave, je vais l'apprivoiser, jour après jour. On ne sait pas combien de temps va durer ce confinement, mais je vais mettre à profit cette période pour lui faire comprendre que son handicap ne doit pas la faire se sentir différente des autres. J'ai tout mon temps.

S'il y a une chose que je sais, c'est que seule la persévérance paye.

Céline

Je n'aurai jamais passé autant de temps à un balcon. Normalement, je devrais être contente et en profiter, mais je dois bien reconnaître que c'est un peu bizarre, comme situation.

Ce n'est quand même pas de bol d'emménager dans un nouvel appart et de se retrouver coincé ainsi à peine deux semaines plus tard, sans même avoir eu le temps de découvrir le quartier ni d'explorer les environs. C'est l'histoire de ma vie, ça : je fais tout pour que tout se passe bien, et au dernier moment, crac, quelque chose d'imprévu fait tout foirer !

Bref, même s'il n'y a pas grand-chose à voir en ce moment, je squatte sur le balcon : ça me repose et ça m'aère l'esprit. J'ai installé une petite table en fer et une chaise, qui occupent presque tout l'espace, mais c'est agréable. Je n'aurai jamais autant fumé non plus, mais je le fais en toute discrétion. Si ça se trouve, je vais échapper au virus, mais ce confinement va me faire développer un cancer du poumon.

J'aime bien cet appart, je sens qu'on va y être bien. C'est un grand immeuble haussmannien, avec un étroit balcon filant au 5e étage. Il paraît qu'autrefois, dans ce genre d'immeuble, les premiers étages étaient réservés aux boutiquiers, pour qu'ils soient proches de leur commerce. Venaient ensuite les plus aisés, aux 2e et 3e. Les derniers étages étaient occupés par les plus modestes, parce qu'il fallait monter à pied.

Aujourd'hui, il y a un ascenseur, et c'est un luxe d'habiter au 5e et d'avoir ce balcon, même s'il n'est pas large et s'il n'est séparé des appartements mitoyens que par une sorte de herse métallique. Bien entendu, il y a un peu de vis-à-vis, et l'intimité n'est garantie que par quelques plantes vertes judicieusement disposées, mais c'est tout de même un luxe bien agréable.

Les jumeaux sont déchaînés. Passée l'effervescence du déménagement, c'est dur pour eux de ne pas sortir et de ne pas pouvoir aller à la maternelle. Alors ils courent, ils tournent autour de la table basse, ils sautent sur le canapé, ils se poursuivent. Ils ne font pas que ça, bien entendu. Ils crient, ils pleurent et, parfois, aussi, ils hurlent. Depuis quelques jours, ma vie se résume à essayer de prévenir les chutes et les impacts. Je suis un pare-chocs vivant, ou plutôt un pare-buffle, vu ma silhouette imposante depuis quelques années.

Toute la journée, je dis : « On ne saute pas ! » « Non, on ne court pas ! » « Non, pas sur la table ! » « Non, pas sur la chaise ! » Mon vocabulaire ne s'enrichit pas en ce moment. Il se résume le plus souvent à un cri, « Nooon ! », modulé sur différentes tonalités, et à un verbe à l'impératif, crié avec plus ou moins de force : « Descends ! » Selon les circonstances, j'ajoute à cette injonction les expressions « immédiatement », « tout de suite », ou bien : « Ou alors, je me fâche ! »

Pour ce qui est de Hugo, mon grand, les choses ne sont pas simples non plus : il a failli faire un malaise vagal à l'idée de ne plus pouvoir sortir voir ses potes et sa nouvelle copine. Lui non plus, il n'a pas de chance : pour une fois qu'il se trouve une amoureuse, ils sont déjà séparés. C'est bien mon fils. Je crois que je lui ai transmis la *lose* en héritage.

Je pense qu'il va aussi rapidement rencontrer un autre problème, car ça va être difficile d'aller faire un tour pour fumer un joint. Certes, je ne suis pas une mère très stricte, mais j'ai quelques principes non négociables qui nous relient à la civilisation : on ne tue pas des gens, on ne crache pas par terre, on ne coupe pas le fromage dans le mauvais sens, on ne regarde pas Cyril Hanouna, on se brosse les dents tous les jours, et on ne fume pas de shit chez moi. Nous avons finalement négocié qu'il serait en charge de descendre la poubelle et qu'il pourrait en profiter pour fumer discrètement et rapidement dans la cour intérieure. Je préfère ça plutôt qu'il aille traîner dans la rue.

Depuis, j'ai eu plein de fois l'occasion de regretter cet accord un peu trop vite passé, car il se précipite trois ou quatre fois par jour pour savoir s'il y a besoin de descendre un sac. Bien entendu, à quatre, nous ne produisons pas énormément de déchets, même en incluant le recyclage, et nous devons lutter pied à pied pour qu'il n'arrache pas de nos mains le pot de yaourt à peine terminé, en prétextant devoir le jeter immédiatement. De toute façon, ses sources d'approvisionnement étant également confinées, il va vite se retrouver sans plus rien à fumer.

Pour me changer les idées, je vais m'en griller une discrètement sur le balcon. À ma droite, il y a la vieille dame avec une béquille qui me fait souvent des gentils signes de tête quand on s'aperçoit. Elle a l'air très zen, jamais énervée, jamais stressée. Peut-être qu'elle fait de la méditation ? Je vais me télécharger une application sur mon téléphone. En persévérant, peut-être que, moi aussi, j'arriverai à ouvrir mes chakras et à devenir une mère calme. Ça doit être une question d'entraînement.

S'il y a une chose que je sais, c'est que seule la persévérance paye.

Damien et Hugo

« Salut Fils, tout va bien ?

— Yep.

— Comment ça se passe ? Tu fais tes cours un peu ?

— Yep, on a reçu des trucs par Internet. C'est déjà chiant en vrai, mais comme ça, c'est pire.

— Je compte sur toi pour être sérieux.

— TKT ! OSEF, jé pas le bac cette année, moi.

— ? Traduction ?

— Ne t'inquiète pas, on s'en fout, je ne passe pas le bac cette année.

— Ce n'est pas une raison pour faire n'importe quoi. Je compte sur toi.

— Yep.

— Et ta mère, ça va ? Elle s'en sort ? Et les jumeaux ?

— Elle arrête pas de dire que tout est super, ke ça va bien se passer, kel est contente qu'on soit ensemble. Elle me fatigue déjà.

— Sois cool avec elle. Tu ne fumes pas trop ?

— Bof. Un peu.

— Tu te rappelles de ce qu'on avait dit, hein ? Je ne vais pas te refaire un cours sur les opiacées et les dangers des pseudo drogues douces. Je suis médecin, pas flic.

— Tkt. Je bédave un oinj ou deux en scred le soir et je remonte. Et puis, de toute façon, Mum me rodave tout le temps et comme plus personne bicrave de shit, ben j'ai bientôt plus rien à fumer.

— Je ne comprends rien du tout à ce que tu racontes. Traduis-moi ton charabia en français stp, et en français correct. Tu nous as expliqué en long et en large à ta mère et moi qu'il fallait qu'on s'accommode du fait que tu sois nul en maths et en physique, parce que tu étais soi-disant plutôt un "littéraire". Donc montre-moi que ce n'était pas des histoires et exprime-toi dans une langue recherchée, sinon, je penserai que tu t'es moqué de nous et je me verrai dans l'obligation de te forcer à prendre des cours de soutien en maths !

— Rassure-toi, Cher Père, je fume un joint le soir subrepticement et je me hâte de remonter, sachant que maman exerce une surveillance constante sur moi et que, de toute façon, le marché se tarit, vu qu'avec le confinement, plus personne ne se risque à vendre de substances illicites.

— Tu vois quand tu veux. Pour le reste, tu sais que je n'aime pas ça, ta mère non plus, donc ne fais pas n'importe quoi. Je ne peux pas te l'interdire, je préfère être au courant, mais joue le jeu et n'abuse pas. De temps en temps et à petite dose.

— Yep. »

Jour 3

Manava

Aujourd'hui, il s'est passé quelque chose. Pas grand-chose, mais quelque chose de marrant tout de même.

Quand je suis sortie sur le balcon ce matin, il y avait la petite vieille, celle qui ressemble à une pub pour les yaourts. Avant, je la voyais jamais, mais depuis qu'on est confinés, c'est dingue, on dirait que tout le monde se met à sa fenêtre ou sort sur son balcon.

Moi, comme chaque jour, je me prenais en photo pour mon compte Instagram. C'est un putain de boulot, parce qu'il faut toujours se renouveler. Ce matin, mon idée, c'était de faire une photo de moi comme si j'étais en train de boire mon thé vert au soleil. Quelque chose de très naturel, genre belle fille saine et zen au réveil. (En vrai, je bois pas de thé vert, je trouve ça dégueulasse : je bois uniquement du Coca zéro, mais la couleur marron foncé, c'est pas photogénique du tout.)

J'étais de mauvais poil, parce que j'ai dû passer deux plombes à faire mon maquillage de « fille naturelle au réveil » et à me débrouiller pour que mes cheveux paraissent décoiffés mais sexy, comme au saut du lit. En vrai, si je me coiffe pas, je ressemble à une putain de batavia défraîchie. Alors j'ai dû lisser, dompter et puis, une fois sur le balcon, pour la photo, j'ai ébouriffé le tout, mais pas trop, juste pour que ça fasse joli. Je me suis regardée dans mon téléphone et j'ai vu que ça faisait une tête de ouf trop moche. Alors j'ai dû relisser le tout et, ensuite, j'ai recommencé à tout décoiffer.

À un moment, j'ai remarqué que la petite vieille me regardait intriguée à travers la grille et les plantes qui nous séparent. Nos regards se sont croisés ; elle m'a fait un sourire. Ça m'a paru bizarre qu'elle me reconnaisse, parce que ça m'étonnerait qu'elle regarde *L'île de l'amour* ou qu'elle soit abonnée à mon compte Instagram, mais dans le doute, je lui ai rendu son sourire. Il faut toujours prendre soin de ses éventuels fans. Peut-être que je suis en train de devenir intergénérationnelle, une légende, un peu comme les icônes mythiques qui ont marqué le monde, Kim Kardashian, ou Loana en France.

Donc, à un moment, Mamie Nova m'a montré son chapeau de paille en me faisant un signe pour me dire que si je voulais, elle me le passait. Pour pas la vexer, j'ai dit oui, et elle me l'a lancé par-dessus la grille qui sépare nos balcons. C'est là que j'ai eu la révélation. Question look, c'était exactement le truc qu'il me fallait pour ma photo Insta. Parce qu'au travers des petits trous, ça faisait trop joli, le soleil sur ma peau, comme une petite dentelle. Et ça me permettait aussi d'avoir la lumière en face, sans plisser des yeux. Magnifique !

Je me suis dit que je tenais la photo parfaite et que cette salope de Trishia serait trop jalouse. Un cliché à 120 000 likes au moins ! Pour la remercier, je lui ai fait mon grand sourire plein de charme. Mamie Nova a eu l'air contente, comme si on lui avait annoncé qu'elle allait avoir de nouveaux parfums myrtilles sauvages/cranberries dans sa gamme au lait entier. Et moi, comme je suis une fille *waouh* mais plutôt gentille, finalement, ça m'a fait plaisir qu'elle soit contente. Un peu comme quand j'ai réussi du premier coup une vidéo TikTok. Peut-être que mon destin, c'est de faire du bien autour de moi ?

Sans trop savoir pourquoi, je me suis dit que la journée commençait bien. Une vraie journée de putain de printemps.

Esther

Aujourd'hui, il s'est passé quelque chose. Pas grand-chose, mais quelque chose qui m'a intriguée.

Je suis sortie en fin de matinée sur mon balcon, pour prendre l'air, et j'ai vu la petite jeune fille, celle de l'appartement à droite du mien, qui était aussi sur son balcon. J'ai déjà eu l'occasion de m'interroger sur la légère infirmité qui fait que son corps a l'air tout déformé, mais là, je m'interroge également sur sa santé mentale. Je me demande si cette enfant a bien toute sa tête. Elle n'arrêtait pas de regarder son téléphone, de lui sourire, puis de secouer la tête et de passer la main dans ses cheveux. Ensuite, elle regardait encore son téléphone d'un air agacé, puis elle rentrait et, dix minutes plus tard, elle recommençait son petit manège. Elle paraissait assez nerveuse.

Je me suis dit qu'elle souffrait peut-être d'un TOC et qu'elle ne supportait pas le vent dans ses cheveux. Nous avions vu une émission de TV là-dessus, un jour, avec mon mari, et il paraît que c'est une vraie maladie. (Georges prétendait que je souffrais de la même chose, parce que j'ai toujours été un peu maniaque du repassage, mais c'est faux : je déteste les faux plis et les tissus froissés, c'est tout.)

En tout cas, si la Petite souffre d'une sorte de TOC, ce serait vraiment jouer de malchance de cumuler les handicaps ainsi. Comme, visiblement, ses cheveux semblaient la contrarier, j'ai eu l'idée de lui proposer mon chapeau de paille, celui que je mettais du temps où l'on allait se promener à la campagne, le dimanche, avec Georges et les enfants. Je ne m'en sers plus : depuis que je vis seule, je ne vais plus à la campagne. Ce n'est pas grand-chose, et il n'est pas tout neuf, mais par grand vent, ça maintient tout de même bien les cheveux. Et puis, « à cheval donné, on ne regarde pas les dents », comme disait mon père.

La Petite a eu l'air d'abord hésitante, mais je l'ai encouragée : « tenez, c'est très pratique, essayez. » Ensuite, je lui ai lancé par-dessus la herse et les plantes qui nous séparent. Bien entendu, je n'ai pas réussi du premier coup, le chapeau est resté coincé entre les buis et mon oranger du Mexique, mais au final, après plusieurs tentatives, j'ai eu l'impression que cet échange créait un début de complicité entre nous.

Toujours est-il que la Petite a immédiatement posé le chapeau sur sa tête et qu'elle s'est mise à l'incliner de différentes manières, tout en faisant plein de sourires à son téléphone. « À la bonne heure, vous voyez, je suis ravie ! » me suis-je exclamée. Cela a provoqué un quiproquo cocasse, car elle m'a répondu « 11 h 30 ». J'oublie toujours que mon répertoire d'expressions est un peu désuet. Béatrice se moque assez souvent de moi pour cela.

Quoi qu'il en soit, la Petite m'a semblé plutôt contente et m'a remerciée d'un grand sourire, en me disant juste « trop coule », ce qui m'a un peu interloquée, car je fais toujours attention quand j'arrose mes plantes que l'eau ne coule pas. Peut-être a-t-elle aussi des problèmes de communication orale, comme David ? Ce serait d'une telle injustice que le sort s'acharne ainsi sur elle, parce que de près, elle est tout à fait ravissante.

Sous son maquillage et ses airs bravaches, elle a gardé les joues doucement rebondies de l'enfance et quand elle sourit vraiment (à moi, pas à son téléphone), il y a quelque chose en elle de malicieux. Elle m'a tellement rappelé ma Béatrice quand elle était petite que j'en ai eu le cœur un peu serré. Elle m'a dit s'appeler Manava. C'est un joli prénom, pour une jolie jeune fille.

Ensuite, juste après ce délicieux moment de convivialité, j'ai également fait la connaissance de l'autre voisine, celle qui est sur le balcon à ma gauche et qui vient d'emménager. Elle fumait, pensive, appuyée à la rambarde. Avec sa haute taille et sa carrure imposante, ses cheveux blonds emmêlés, elle m'a fait penser à une sorte de Walkyrie, ou encore mieux, une guerrière viking qui se préparerait à la bataille.

J'ai engagé la conversation et apprécié sa façon de me regarder droit dans les yeux, son regard clair et pourtant chaleureux, et son beau sourire franc. Dans mon for intérieur, j'ai pensé que, dans une situation plus habituelle, si elle m'avait serré la main, ça aurait certainement été ce genre de poigne ferme et vigoureuse qui fait presque mal (mais il faut dire que j'ai des articulations en porcelaine). Heureusement, nos mains ne se sont pas croisées ; nous avons sagement gardé nos distances et respecté ces stupides gestes barrières que je déteste.

Nous n'avons pas parlé très longtemps, je ne voulais pas me montrer indiscrète ou intrusive, mais elle m'a intriguée. Il y a quelque chose de dur et de doux chez elle que j'ai du mal à formuler. Elle m'a fait songer à une créature de conte de fées, une fabuleuse géante aux pieds d'argile, qui aurait été durement éprouvée, mais qui se serait relevée pour poursuivre son combat, malgré quelques séquelles.

Je dois dire que, question séquelles, mon amusant petit aide-soignant, David, se serait esclaffé en faisant remarquer que j'en connais un rayon. Enfin, non, il n'aurait pas dit que « j'en connais un rayon », car c'est une expression. Or David n'en utilise jamais. Chez lui, tout est au premier degré. Spontanément, le pauvre garçon ne comprend ni les images, ni les métaphores, ni l'ironie, bien sûr. Alors il fait des listes pour tout, afin de se repérer dans les subtilités de la communication. Je l'aide souvent : j'ai été institutrice et en ai gardé un certain goût pour la pédagogie.

À cause de (ou grâce à) ses bizarreries, le jeune David peut parfois être involontairement brusque ou piquant. Cela ne l'empêche pas d'être tout à fait charmant... comme les chardons : à manier avec précaution. J'aime beaucoup ce jeune homme. Il ne comprendrait pas que je le compare à un chardon. Il m'écouterait attentivement et noterait la comparaison dans sa liste « Métaphores et comparaisons ».

Sans trop savoir pourquoi, je me suis surprise à penser que la journée commençait bien. Une vraie merveilleuse journée de printemps.

Céline

Aujourd'hui, il s'est passé quelque chose. Pas grand-chose, mais quelque chose de joli.

Je suis sortie sur mon balcon fumer ma première clope de la journée. J'étais tranquille, et avec la ville qui tourne au ralenti, tout avait l'air irréel à force de calme et de silence. À l'extérieur, pas de camions, pas de livreurs, de klaxons, de voitures. Rien d'autre qu'un calme sans doute appelé à durer encore un certain temps. À la TV, ils ont parlé de deux semaines, voire d'un mois de confinement. À l'intérieur non plus, pas de bruits, pas de cris, pas de hurlements, pas de consoles de jeu. Rien. Un calme provisoire, en attendant que tout le monde se lève. Une heure encore. Autant dire une éternité de sérénité.

Et puis ma voisine de gauche, la petite mamie, est sortie, elle aussi. Elle m'a décroché un gentil sourire. En la voyant, j'ai eu un peu honte : au petit matin, elle était impeccable, les cheveux bien tirés, la jupe repassée. Moi, j'étais en tenue de combat habituelle depuis le début du confinement : bas de jogging bleu marine, un vieux t-shirt à la gloire de la bière 1664, des Birkenstock, parce que j'adore le confort, et des chaussettes, parce que je suis frileuse des pieds, surtout à sept heures du matin.

Comme elle a eu l'élégance de ne pas me toiser, je lui ai rendu son sourire. Il y a des gens comme cela, qui débordent d'une telle gentillesse et d'une telle chaleur qu'on dirait qu'ils attendent juste un signal pour vous en inonder. Elle a donc fondu sur moi. Enfin, pour être plus exacte, elle s'est approchée de la herse métallique qui sépare nos deux balcons et elle m'a fait un signe de la main par-dessus les nombreuses plantes vertes. (De mon côté du balcon, il n'y a pas de plantes vertes, mais deux tricycles, des Playmobil renversés, des Lego et une poupée sans tête, plus un cendrier plein sur une petite table en fer.)

> « Nous n'avons pas encore eu l'occasion de faire connaissance depuis votre emménagement. Je m'appelle Esther. Vos enfants ont l'air tout à fait adorables. Si vous avez besoin de boutures pour décorer votre balcon, n'hésitez pas, m'a-t-elle dit avec un grand sourire.
>
> — Euh... enchantée. Moi, c'est Céline. Ils sont gentils mais bruyants. N'hésitez pas à me dire si vous les entendez trop. Je... euh... je ne pourrai pas faire grand-chose, mais vous avez peut-être des plantes médicinales capables de terrasser leur énergie pendant quelques heures ? »

Elle est partie d'un grand éclat de rire et a rétorqué qu'elle avait sûrement moins de connaissances en certaines herbes que mon fils aîné. C'est comme cela que j'ai compris que les multiples escapades de Hugo dans la cour intérieure ne passaient pas tout à fait inaperçues. Devant ma gêne visible, elle s'est marrée :

> « Ne vous inquiétez pas. J'ai des grands enfants ; ils ne vivent plus avec moi depuis longtemps, mais je me souviens bien de leur adolescence dans les années quatre-vingt, et finalement, les choses n'ont pas tellement changé. Et si votre fils est volontaire pour descendre également mes poubelles et me faire quelques courses, je promets de garder le silence. »
>
> — Hugo sera ravi de vous rendre service. »

Je le pense vraiment. Mon fils est comme son père : au fond, il aime aider les gens.

Ensuite, nous sommes restées là, moi à fumer ma deuxième cigarette, elle à arroser ses plantes. Un moment serein et joli.

Sans trop savoir pourquoi, je me suis surprise à penser que la journée commençait bien. Une vraie chouette journée de printemps

Damien et Hugo

« Holà Fils, tu me donnes des news, un peu ?

— Ça va. Je joue à Fortnite.

— Ravi de le savoir. Et tes cours : tu bosses, au moins ?

— Yep TKT. Et toi ?

— C'est compliqué. Je n'ai pas grand-chose pour bosser, j'ai deux pauvres masques, que j'utilise en alternance. Pour les stériliser, le soir, je les mets à bouillir dans une casserole, comme pour des pâtes, tu imagines ! ☺

— Oh Miskine !

— ? Traduction en français correct stp ?

— Ça exprime l'empathie. Je compatis vivement, ou alors, pas de chance ☺

— Tu l'as dit. Et maman ? Et les jumeaux ?

— Elle craque un peu parce kils s'enjaillent de ouf, ils courent partout, ça la rend yomb.

— ? Tu es pénible avec ton charabia, tu te souviens de ce qu'on a dit l'autre jour ? Un français correct sinon, hop, cours de soutien en maths !

— Elle commence à perdre patience, parce qu'ils se divertissent et prennent du bon temps de manière très visible, et ça la contrarie fortement.

— Ah oui, j'imagine que ça ne doit pas être facile, les enfants sont remuants à cet âge-là. Tu l'aides, au moins ?

— Oui, je joue avec eux tous les jours mais ils sont chiants au bout d'1 moment !

— C'est important d'aider maman. Je suis sérieux, là.

— Nan mais c'est bon TKT. Je l'aide, je descends les poubelles, je fais les courses et je vais même le faire pour la voisine ASKIP.

— C'est qui la voisine ASKIP ?

— Nan. ASKIP = à ce qu'il paraît. Je vais faire les courses parce qu'il y a une voisine âgée avec qui Mum a sympathisé.

— Ok, je comprends. Bon, tout va bien alors ; ça me rassure.

— Mwé.

— ??

— Mum dit que ce confinement, c'est l'occas idéale pour elle de se remettre à cuisiner.

— Ouh là !

— Yep.

— Miskine alors ☺ »

Jour 4

Manava

Au bout d'un moment, j'ai quand même un peu peur de m'ennuyer grave, même si j'ai plein de trucs à faire. Et l'ennui, c'est pas bon, j'ai besoin de me changer les idées ; sinon, je pense à mes prothèses de cul, et ça me fait mal.

Bien sûr, j'ai toujours mon compte Instagram à alimenter, je fais des vidéos TikTok poilantes, et je continue à tweeter un peu pour faire patienter les gens. Mais tous mes sponsors ont mis mes contrats publicitaires en stand-by : je devais être interviewée par un blogueur sur YouTube, et ce gros naze a annulé le rendez-vous par « principe de précaution ». Super. Bonjour le courage. Je croyais qu'en temps de crise, on devait privilégier l'information. Eh bien, je m'aperçois que tout ça, c'est du putain de pipeau.

Pour la nourriture, je m'en sors plutôt bien. Pas question que je me mette à cuisiner ! LOL. Je n'ai aucune intention d'ouvrir un compte culinaire sur Instagram, c'est pas mon créneau. Mais c'est pas un problème : je me fais livrer. Je fais le tour du monde sans bouger de mon salon : un jour chinois, un jour burger, un jour indien. Le livreur Uber Eats est trop canon, en plus : grand, barbu, bien foutu, un cul d'enfer. Un peu vieux pour tourner dans *L'île de l'amour*, mais il pourrait facilement être en *guest* sur quelques épisodes.

J'ai aussi un autre sujet qui me fait flipper. J'ai appelé ce matin pour prendre rendez-vous chez l'esthéticienne et le coiffeur… et ça répond pas. J'y comprends rien : ils avaient pourtant dit que les commerces de première nécessité restaient ouverts ! Je suis censée faire quoi, moi, avec mes cheveux ? Je commence à avoir des racines un peu visibles : il va bientôt falloir décréter l'état d'urgence capillaire. Pareil pour mes sourcils : si je peux pas les faire épiler correctement, je vais finir par ressembler à François Fillon, le mec des costumes.

Pour tuer le temps, j'ai été un peu me faire bronzer sur le balcon. Minishort, brassière et le chapeau de paille. La petite vieille était pas là, mais il y avait l'autre meuf, dans l'appart au bout de la rangée. Elle devait avoir envie de discuter, elle m'a fait un signe, alors je me suis approchée de ma balustrade gauche, elle s'est rapprochée de sa balustrade droite, et comme ça, il y avait plus que le balcon de Mamie Nova qui nous séparait. D'un peu plus près, j'ai vu qu'elle avait un genre de look de rappeur/*streetwear* cool à fond, avec un jogging, un t-shirt XXL Malibu Coco et qu'elle avait dû passer beaucoup de temps à faire un coiffé/décoiffé assez réussi. La classe.

Elle m'a fait un sourire, en me disant : « Sympa, le chapeau ! » Je lui ai expliqué que c'était celui de la petite vieille et dit que je kiffais son look. Elle a eu l'air gênée : on dirait que c'est pas une fille qui a l'habitude des compliments.

Ensuite, on a un peu discuté. Enfin... elle m'a surtout posé des questions, mais pas comme les habituels crevards de YouTube. Elle avait l'air de vraiment s'intéresser à moi. Pas à mon personnage : à moi ! Ça m'a paru bizarre, au début, mais j'ai trouvé ça agréable. Ceci dit, j'ai eu du mal à lui expliquer mon métier. Il faut dire que la téléréalité, c'est pas un métier ; j'en suis consciente. Bombasse non plus. Actrice, j'aimerais bien, ou chanteuse, aussi, mais faut pas déconner. Je suis lucide. Et je commence rien si je peux pas devenir LA meilleure. Bref, je fais un métier qui existe, mais la vérité, je sais même pas comment il faut l'appeler.

Croyez pas que c'est facile. Par exemple, je suis intelligente. Pas super intelligente, mais dans le monde dans lequel j'évolue, je suis Einstein. J'ai le bac et j'aurais pu faire des études : j'étais bonne en français. Mais ça, il vaut mieux le cacher un peu, parce que ça déçoit les gens si on a un cerveau. Ça colle pas avec l'image qu'ils ont, et les gens aiment pas être déroutés. Un peu comme si je m'apercevais que mon livreur Uber Eats trop hot est homo.

Alors je suis comme les gens qui ont le virus sans qu'on le sache : je suis asymptomatique futée. Et aucun risque qu'ils fassent passer des tests de détection dans *L'île de l'amour* ! Je fais mon job, et je le fais bien : je joue les connes, je bats des cils, je tortille de mon (magnifique et coûteux) cul, je fais comme si je connaissais pas des choses élémentaires. Par exemple des choses de l'histoire de France, des choses de la politique.

À chaque fois, sur les tournages, je prends une mine innocente et étonnée, je sors une grosse boulette, et voilà ! Direct, ça passe au zapping, c'est repris et repris, ça fait le buzz sur les réseaux sociaux. Mes parents et moi. J'ai de plus en plus de followers sur Instagram. Et de plus en plus de notoriété = de plus en plus de contrats publicitaires, de sponsors, etc. C'est du boulot de paraître un peu conne : bien plus compliqué que de paraître intelligente ! Je le gère à la perfection : à chaque nouvelle saison, je gagne en maîtrise.

Je lui ai expliqué tout ça, à la voisine, et elle m'a écoutée avec attention, en hochant la tête. Elle m'a raconté qu'elle avait des jumeaux encore petits et un ado de seize ans, donc je pense que, niveau communication, tout doit lui paraître moins chiant que son quotidien. N'empêche. C'était plutôt cool de parler à quelqu'un qui n'a pas semblé me prendre pour une débile.

À la fin, la petite vieille est sortie, elle aussi, sur son balcon et nous a offert du gâteau au chocolat qui sortait du four. Je lui ai demandé s'il était sans gluten, parce que j'ai lu un truc là-dessus hier sur Internet, et elle m'a assuré qu'il n'y avait rien à craindre.

Effectivement, je l'ai bien kiffé, son gâteau. J'en ai fait une photo sur Insta, j'ai marqué *#LoveChocolate* et je sais qu'elle va forcément avoir plein de likes, parce que c'est scientifique : tout le monde aime le chocolat !

Esther

Je redoute quand même un peu de finir par m'ennuyer, même si j'ai toujours quelques menues choses à faire. Je continue à sortir faire mes emplettes, à prendre l'air sur un banc et à aller acheter le journal. Quoiqu'en ce moment, il m'arrive d'avoir presque peur de l'ouvrir tellement les informations sont anxiogènes.

Alors pour me changer les idées, je me suis mise en tête de préparer un gâteau. Hugo, le jeune fils de la voisine, m'avait fait les courses. J'avais des œufs frais, du beurre et une tablette de chocolat. Je n'avais pas fait de pâtisserie depuis belle lurette ! Finalement, ces choses-là n'ont d'intérêt que pour être partagées.

Autrefois, j'aimais faire un gâteau essentiellement parce que les enfants me le réclamaient à corps et à cris, parce qu'ils insistaient pour lécher le chocolat tiède dans le saladier et qu'ils s'en mettaient partout. Je protestais, je grondais, je disais : « Ça suffit, maintenant ! Regardez-vous : vous êtes dégoûtants ! Allez vous débarbouiller ! » Ils riaient et tournaient autour de la table. Je les poursuivais en faisant semblant d'être en colère et finissais toujours par les chasser de la cuisine.

Ce que j'aimais également, c'était l'agaçante habitude de Georges de venir me planter un baiser dans le cou et de m'empoigner la taille juste au moment où j'avais les mains pleines de farine. Je riais, je minaudais, je disais : « Arrête, tu vois bien que je suis occupée ! » Il insistait, je me tortillais en riant et finissais toujours par le chasser de la cuisine, lui aussi, avec une mine faussement courroucée.

Maintenant, je n'ai plus personne à chasser de la cuisine et je me demande si je me souviens encore de la recette et des gestes. Quatre œufs... Battre les jaunes avec le sucre, jusqu'à ce que le mélange blanchisse. Tant de souvenirs... Faire fondre le chocolat au bain-marie avec un peu de crème fraîche. J'ai tellement associé dans mon esprit l'odeur du chocolat fondu à l'amour que cela m'en fait presque sursauter. Comme tout cela est loin ! Comme tout cela est proche !

Le mélange chocolat-crème ne doit jamais bouillir : il faut le surveiller. Comme tout cela est fragile ! Tamiser la farine, la levure, pour que ça ne fasse pas de grumeaux, et remuer lentement pour bien incorporer le tout. Comme tout cela est délicat !

C'était souvent Béatrice qui se chargeait de cette partie de la recette, et elle s'acquittait de sa mission avec beaucoup de sérieux, mélangeant avec application les ingrédients et guettant du regard mon approbation : « Comme ça, maman ? C'est bien, comme ça ? » Je revois sa petite main que guidait la mienne, ses sourcils froncés sous l'effet de la concentration, et moi qui acquiesçais : « Oui, c'est parfait… Doucement, ne va pas trop vite, prends ton temps… »

À l'époque, je ne savais pas que mes injonctions ne serviraient à rien, que le temps ne se laissait pas « prendre » aussi facilement et qu'il était écrit que, d'une manière ou d'une autre, il passerait toujours trop vite…

Le temps de toutes ces réflexions, mon gâteau était cuit, et comme je n'allais pas le manger toute seule, je suis sortie en offrir une part à mes petites voisines qui prenaient toutes deux l'air sur le balcon. La petite jeune fille a insisté pour savoir si je l'avais bien fait « sans Ghlutaine ». À la vérité, je ne sais pas qui est cette « Ghlutaine », mais je l'ai assurée qu'il n'y avait rien à craindre, vu que je ne reçois plus de visites. Les jeunes gens ont de ces préoccupations farfelues !

En tout cas, elles ont toutes deux eu l'air d'apprécier, autant que Béatrice et Marc, à l'époque. Comme quoi, c'est quelque chose d'immuable et d'intemporel : tout le monde aime le chocolat !

Céline

Au bout d'un moment, j'ai quand même un peu peur de finir par m'ennuyer, même si j'ai plein de choses à faire avec les enfants. Par exemple, ce confinement, c'est l'occasion de se remettre à manger des choses saines, alors j'ai pris des bonnes résolutions : exit la *junk food*, je me mets à la cuisine ! Je regarde des émissions culinaires à la TV, je lis des blogs. Je débute, mais je suis pleine de bonne volonté. J'envoie Hugo faire les courses ; ça le sort un peu, et c'est une bonne occasion de lui montrer qu'on peut manger autre chose que du surgelé, des pâtes, des burgers et des pizzas. Aujourd'hui, je vais leur faire un crumble courgettes/tomates au parmesan, façon Jamie Oliver.

Professionnellement, je suis un peu inquiète. Mon travail consiste à faire des traductions, mais malheureusement pas le côté prestigieux de la traduction. J'adorerais travailler sur des romans, mais en attendant que J.K. Rowling me confie le tome 9 de *Harry Potter*, je traduis essentiellement des documents techniques, des propositions de contrats, des appels d'offres, etc.

L'avantage de ce job, c'est que je peux le faire en pyjama et en jogging et que je peux bosser la nuit si ça me chante, quand je suis tranquille et que tout le monde dort. L'inconvénient de ce job, c'est qu'il est aléatoire. Je travaille à la mission, je suis assez mal payée et souvent en retard. J'espère trouver mieux, mais pour l'instant, depuis le divorce, je n'ai pas eu vraiment le temps de me poser la question de ce que je voulais et de ce que je pouvais faire de ma vie. J'espère donc que cette période étrange ne viendra pas trop impacter mon activité et que mes rares clients habituels continueront à me confier du boulot.

J'ai aussi un peu peur de souffrir d'un manque de relations sociales, parce qu'en temps normal, quand je décroche une mission, je me déplace, je vais rencontrer les clients, je négocie les délais et, parfois, lors d'une traduction très technique, je vais même sur le terrain. Avec ce confinement, les échanges limités avec un ado fan de jeux vidéo et deux enfants de trois ans risquent de devenir un peu frustrants. C'est peut-être pour ça qu'aujourd'hui, j'ai engagé la conversation avec la jeune voisine, celle qui est de l'autre côté du petit balcon d'Esther.

J'étais accoudée et fumais une cigarette lorsque je l'ai aperçue en train de faire des photos avec son portable. Au début, elle était un peu sur la défensive et réservée, et puis elle s'est un peu ouverte. Ce confinement aura au moins eu le mérite de rebattre les cartes des interactions sociales… Et voilà comment on se retrouve à échanger avec des inconnues !

Elle m'a fait penser à ce petit chat que j'avais apprivoisé dans le jardin de notre ancienne maison : il était apeuré, transi de froid et de faim, mais il refusait farouchement de se laisser approcher. Alors je me suis accroupie et j'ai attendu quelque temps qu'il se décide à venir. Il a commencé par flairer avec prudence la poignée de croquettes que je tenais dans ma main ouverte, puis il s'est décidé à manger, en me regardant d'un air méfiant. Lorsque ma main a été vide, je n'ai pas bougé, j'ai continué à le regarder et à lui parler doucement, et il est parti.

Le lendemain, j'ai recommencé, et le surlendemain aussi, jusqu'à ce que, de lui-même, après la nourriture, il vienne se frotter à moi pour recevoir des caresses. À partir de là, c'est lui qui a réclamé des câlins et de l'attention : à chaque fois qu'il me voyait, il arrivait et se mettait à ronronner, et j'avais l'impression qu'il n'en serait jamais repu.

Il a disparu un jour, mais j'aime bien penser qu'il a trouvé une famille d'accueil qui l'aime et le cajole. Bien entendu, la plupart des gens diront qu'il est plus vraisemblablement mort écrasé sous les roues d'une voiture, mais ce n'est pas la version que je choisis. Bon, je n'ai pas trop envie de passer pour une dingo, alors j'ai évité de parler de cette histoire de petit chat avec la jolie bimbo.

Elle s'appelle Manava. Elle m'a expliqué son job et, d'après ce que j'ai compris, c'est l'une de ces starlettes de téléréalité pour les jeunes. Elle m'a parlé avec fierté de ses followers, de ses vidéos sur YouTube. Je n'y connais pas grand-chose, je suis juste sur Facebook, et pour les jeunes d'aujourd'hui, c'est déjà dépassé. Un jour, j'ai cherché si Hugo avait un compte et je ne l'ai pas trouvé. Quand je lui en ai parlé, il a pris un air scandalisé pour m'expliquer que :

1) Facebook, c'était un truc de vieux ;

2) sur les réseaux sociaux, il était de toute façon hors de question qu'il m'accepte jamais dans sa liste d'amis.

Bref, j'ai tout de même fait ma tête impressionnée, parce que je sentais que c'était important pour Manava. Elle m'a expliqué ce qu'elle appelle « son travail ». Par exemple, ce matin, elle s'est levée, a rangé un peu son appartement, s'est maquillée avec application, a longuement lissé ses extensions de cheveux, car elles ont tendance à s'emmêler quand elle dort, et puis... elle s'est recouchée pour prendre des photos d'elle « au réveil », comme si elle venait d'ouvrir les yeux, naturellement belle et fraîche comme une rose, toute pimpante.

J'ai écouté sa routine avec perplexité. La mienne est moins glamour. Le matin, je me lave, et je pense que cela restera définitivement le seul point commun de nos rituels matinaux.

Ensuite, je mets un jogging, soit le bleu, soit le gris, soit le noir, et je pense que ça restera à jamais mon seul lien avec l'univers du sport. Après, j'improvise en fonction du peu de travail que je peux encore avoir à faire et du réveil des jumeaux.

Pour en revenir à notre rencontre, la vieille dame dont le balcon jouxte le mien et celui de Manava nous a rejointes et proposé du gâteau au chocolat, qui sortait du four. C'est amusant, parce que cette vieille dame, je ne l'avais quasiment jamais croisée depuis mon emménagement, or là, cela fait plusieurs fois qu'on se salue et qu'on se parle depuis nos balcons. C'est un peu comme si, maintenant qu'on ne peut plus avoir d'échanges et de contacts, nous ressentions encore plus cruellement le besoin d'échanges et de contacts.

Elle a aussi tenu à faire passer du gâteau à Hugo et aux jumeaux, et tout le monde s'est régalé. La preuve que c'est vraiment LE truc le plus intergénérationnel qui soit : tout le monde aime le chocolat !

Damien et Hugo

« Comment ça va, Fils ?

— Bof.

— ??

— Nan mais jam là...

— ?

— J'en ai marre... C'est long.

— Ouh là, sois patient, tu sais que ça risque de durer, ce confinement.

— Ouais, mais c'est trop pourri. On peut rien faire, je peux même pas voir mes potes.

— Dis-moi... C'est sûr que c'est tes potes que t'as envie de voir ?

— Pfff... J'en ai marre de pas voir ma go.

— C'est quoi ta go ?

— Ma meuf. Ma chérie, quoi. On vient de se rencontrer.

— Aïe. Bon, tu connais Roméo et Juliette ?

— Naze.

— OK, j'arrête de te taquiner avec ça, c'est vrai que c'est pas cool. Mais je vais te dire un truc. On est durement touchés, ici, en Alsace. Toute la journée, je bosse, je vois des gens malades, pas que des vieux, tu sais. Des gens qui allaient bien avant, des sportifs, des jeunes aussi. Qui subitement sont épuisés, qui se traînent, qui ne peuvent plus respirer. J'en ai envoyé 3 à l'hôpital cette semaine. C'est la guerre dans les hôpitaux, ici, ils n'ont rien, pas assez de moyens. Les toubibs, les infirmières et les aides-soignants, tout le monde commence à être épuisé. Et quand on sort, quand on a fini notre journée, on voit des promeneurs tranquilles, qui "prennent l'air", qui se promènent, font du jogging. Parmi eux, il y en a peut-être que j'enverrai en réa la semaine prochaine. Mais si je leur dis, ils vont me prendre pour un vieux fou. Tu sais, ça me donne envie de hurler.

— Mwé.

— Bon, j'arrête de te gonfler avec mes histoires. Et avec maman, ça va toujours ?

— Bof.

— ?

— Ben elle est chiante.

— Plus que d'habitude ?

— Yep. Elle cuisine, là.

— Ah zut, c'est vrai. J'appelle le centre antipoison ? ☺

— Elle fait que des putains de trucs verts, elle dit qu'on fait le plein de vitamines.

— Quels genre de trucs ?

— Chais pas. Des woks, elle dit. Ou des poêlées.

— C'est bon ?

— TMTC

— Traduction ?

— Toi-même tu sais. Pour dire de quelque chose que c'est évident, pas besoin d'en parler.

— Alors ça devrait être TMTS. S à la fin : pas C.

— Yep, mais c'est TMTC.

— OK. Bref, donc j'en déduis que la cuisine de maman, c'est bien ce que je craignais que ça soit, c'est ça ?

— Yep.

— Je compatis.

— Heureusement la vieille d'à côté nous a filé du gâteau au chocolat.

— Ah, ça peut être une compensation, effectivement. Alors, dis-moi, tu en as mangé ?

— TMTC »

Jour 6

Céline

Ça devient long. Très long. À midi, j'ai fait un gratin de potiron à la mozzarella et au curry. Une tuerie ! J'ai bien vu que les enfants étaient contents.

Quant à moi, heureusement que j'ai mes clopes. Les petits ont du mal à comprendre pourquoi ils ne peuvent pas sortir. Alors je leur organise des parcours du combattant dans le salon, des jeux de piste qui les mènent du corridor à la cuisine, en passant par la salle de bain. Souvent, Hugo prend le relais. L'autre jour, il leur a inventé un jeu : le « Covid perché ». Il les a poursuivis dans tout l'appart en criant « Je suis le virus ! » et les petits hurlaient de rire en escaladant les chaises pour se mettre à l'abri.

Malgré tout, je m'inquiète, parce que je suis tout de même censée garder un minimum d'activité et je vois bien que, malheureusement, je commence à avoir de moins en moins de travail. Je ne suis vraiment pas sereine pour l'avenir : je sais que, financièrement, même avec les pensions alimentaires, je n'aurai pas de quoi tenir très longtemps sans boulot, d'autant plus que ce nouvel appart me coûte les yeux de la tête en loyer. J'aurais pu prendre plus petit, plus modeste, mais j'ai eu le coup de foudre pour l'emplacement, le petit balcon étroit, et après avoir vécu dans un pavillon cossu avec Anthony, je ne voulais pas que les enfants se retrouvent dans un lieu trop exigu.

Bref, si je ne veux pas me retrouver à expliquer aux jumeaux le 25 décembre qu'ils n'auront pas de cadeaux, parce que le Père Noël a été emporté par la pandémie, il faut que je règle mes problèmes d'argent et que je décroche de nouveaux contrats. Autrement dit, il faudrait que je fasse de la prospection. Normalement, c'est une activité qui se fait « en vrai » : on se rencontre, on se serre la main, on dit « merci de me recevoir », etc. Je veux bien m'adapter à la situation et aux nouvelles technologies, mais il faut alors qu'on m'explique comment je peux télétravailler et organiser des webconférences avec deux gamins hurleurs et un ado qui trucide des gens sur sa console dans la pièce d'à côté.

Au début, j'ai essayé de m'enfermer dans ma chambre, mais comme je n'ai pas de bureau, j'ai eu peur que la webcam sur le lit soit un signal très mal interprété par mes éventuels clients. Je me suis rabattue sur la cuisine, avant de découvrir un théorème aussi immuable que fiable : tout corps vivant plongé dans une visioconférence subit un lot d'emmerdements proportionnel à l'importance de la réunion. Il y a donc toujours quelqu'un qui surgit pour réclamer son doudou, prendre quelque chose dans le frigo, boire un verre d'eau ou ouvrir un paquet de chips. Toujours.

Alors, pour rester le plus zen possible, je m'accorde de plus en plus de moments de répit. Je fume, je vais sur le balcon. Je referme la porte-fenêtre derrière moi, officiellement parce que les jumeaux font des allergies au pollen. La vérité, c'est que le balcon devient mon havre de paix, mon radeau de survie.

Ce qui est chouette, c'est que je commence vraiment à sympathiser avec mes voisines. Celle avec qui j'ai tout de suite bien accroché, c'est Esther, bien sûr, la vieille dame toute gentille qui nous a proposé du gâteau au chocolat, l'autre jour. Dans un autre contexte, j'aurais décliné, parce que mes boutons de pantalon font de la distanciation sociale d'une manière de plus en plus alarmante, ces temps-ci. Mais après tout, le Président a dit que nous étions en guerre, alors en guise de tenue de combat, j'ai décidé d'adopter le jogging molletonné, confortable et ample. Je sens que je vais être un bon petit soldat. Je sais bien qu'il y a aura forcément un moment où il faudra revenir à la civilisation, aux ceintures et aux tenues non élastiques, et que ce moment-là risque de m'être fatal, mais en même temps, pour qui devrais-je soigner ma silhouette ? Pour un mec qui m'a plaquée et qui se la coule douce en compagnie d'une jeunette de vingt-huit ans en taille 38 ?

En parlant de jeunette et de taille mannequin, l'autre voisine, celle qui ressemble un peu à une bimbo, semble passer le plus clair de son temps à faire des selfies. Ce matin, elle faisait carrément sa gym sur le balcon, dans une tenue microscopique. C'est vrai qu'elle a un corps incroyable, et même si je vois bien que tout n'est pas naturel, elle est tout de même somptueuse. Ça m'a fait comme une petite pointe de jalousie de la voir aussi magnifique, parce que forcément, je me suis souvenue que, moi aussi, il y a quinze ans, il y a quinze kilos, j'étais belle. Et moi aussi, à cette époque, je m'habillais négligemment d'un rien. Un foulard enroulé à la va-vite, une chemise de mec trop grande pour moi, une robe légère, les bras de mon amoureux enroulés autour de moi...

Ce temps est loin.

Je la regarde faire son sport avec un peu de culpabilité. Moi, les seuls exercices physiques que je fais consistent à ouvrir des pots de glaces Häagen-Dazs aux fruits rouges et à déboucher une bouteille de Viognier certains soirs. Je ne suis pas certaine que ces éléments soient pris en compte dans la ration de cinq fruits et légumes par jour préconisée par l'OMS.

Et puis, à la réflexion, il n'est pas tout à fait exact de dire que je ne fais pas d'exercice physique... parce que je pratique assidument la rééducation de mon périnée. Ça ne se voit pas, mais dès que j'ai un instant, je contracte, je relâche, je contracte, je relâche. Je veux bien avoir plus ou moins laissé tomber les codes les plus élémentaires de la séduction, mais dans la liste des « cadeaux de la vie » liés à la maternité, je ne suis pas pressée de tester les protections pour incontinence. Alors je contracte, je relâche, je contracte...

C'est ainsi que mon gros cul molletonné, mon périnée relâché et moi, on se retrouve accoudés à un balcon, à contempler rêveusement une jolie fille de vingt ans en mini short.

Comme ça, au cas improbable où quelqu'un nous observe toutes les deux depuis la rue, à chaque extrémité de l'immeuble, il aura d'un seul coup d'œil un avant/après maternité/divorce très dissuasif. Si ça se trouve, je suis une pub vivante pour la contraception, et mon avenir professionnel est tout tracé. Je contracte, je relâche, sans beaucoup de résultats, il faut l'avouer.

Plus je réfléchis et plus je me demande si la vie est bien juste.

Manava

Ça devient long. Très long. Heureusement que j'ai des trucs à faire pour gérer ma carrière. C'est un des avantages de mon métier : dans mon job, on peut continuer à s'occuper de son image à distance. En temps normal, je tourne dans des émissions de téléréalité, mais je fais pas que ça, même si c'est déjà un boulot de ouf.

J'ai commencé par *L'île de l'amour* et j'ai enchaîné avec les *Los Angeles Challenge*. Mais c'est pendant la saison 2 de *L'île de l'amour* que j'ai vraiment décollé. L'adultère, la rivalité, depuis la nuit des temps, ça fait le buzz. Alors j'ai eu une histoire avec Jordan, que j'ai piqué à cette salope de Trishia. (En vrai, elle s'appelle Christelle, mais la prod exige qu'on ait des prénoms qui fassent rêver.)

Moi non plus, Manava, c'est pas mon vrai prénom, mais j'aime bien : ça fait exotique, un peu « fille des îles », et j'ai toujours rêvé d'aller à Tahiti. Mon vrai prénom, je l'écris ici parce que personne le lira, mais c'est Aurélie. C'est moche, j'aime pas : toutes les filles s'appellent Aurélie. Pas moi. Plus moi.

Je crois que les gens sont fascinés par les filles dans mon genre. Les filles somptueuses, qui n'ont rien dans le cerveau et qui, malgré tout, se hissent à des niveaux qu'ils n'atteindront jamais. Plus le temps passe, plus je progresse. Je suis *waouh*, je vous dis. J'ai pas encore atteint mon objectif, je suis pas tout à fait une vraie célébrité, mais c'est en bonne voie. Mes vidéos ont de plus en plus de vues, je dépasserai bientôt le million de followers sur Instagram et Twitter, et sur TikTok, je cartonne de plus en plus souvent. Ça a l'air de rien, mais c'est un vrai boulot : il faut toujours être très active pour alimenter ses comptes.

Avant, c'était Jordan qui faisait mes photos, mais comme on s'embrouille souvent et qu'on se sépare encore plus souvent, j'ai décidé de le remplacer. J'ai donc acheté un trépied, un retardateur, et je me débrouille seule pour mes prises de vue.

Ce matin, par exemple, j'ai réalisé une série de selfies de moi qui fais du yoga et moi qui m'étire, face au soleil, sur le balcon. Le rendu était très classe. J'y connais rien en yoga. En vérité, je déteste ça, mais j'ai un bouquin qui explique les mouvements. Je choisis que les postures qui mettent en valeur mes nouvelles fesses. Ça tombe bien, je commence à avoir beaucoup moins mal. Le chien tête en bas, c'est très hot (152 000 likes). Ensuite, j'ai trié les clichés, j'ai un peu retouché, j'ai enlevé les boutons, les reflets, j'ai mis de jolis filtres et j'ai posté le tout sur mes réseaux. J'ai aussi fait une vidéo TikTok trop cool : vingt secondes de moi en train de danser.

J'ai bien vu que la femme à l'autre bout de la rangée m'observait du coin de l'œil en fumant. Je la trouve assez stylée, avec ses fringues XXL : on dirait Kanye West dans le clip *Follow God*. Je pense qu'elle doit me prendre pour une conne, à faire mes selfies et à prendre soin de mon bronzage. C'est facile de se la péter avec ses enfants et sa vie de mère de famille parfaite !

Dès qu'elle passe le pas de sa porte-fenêtre pour rentrer dans son appart, je suis sûre que ses marmots lui tombent dessus pour lui faire des câlins, que chez elle, y a des dessins d'enfants partout aux murs et que ça sent le chocolat chaud, comme dans les séries de Noël de M6. Moi quand je rentre dans mon appart, il y a des photos de moi au mur, ça sent l'odeur des frites froides que je me suis fait livrer, et je dois faire un putain de *live* sur Instagram pour que, quelque part sur terre, des gens que je ne connais pas s'intéressent à moi.

Et encore, s'ils ne sont pas déjà en train de suivre une vidéo de cette salope de Trishia.

Plus je réfléchis et plus je me demande si la vie est bien juste.

Damien et Hugo

« Salut Fils !

— Slt.

— Ça va ?

— Yep.

— Des news ?

— J'ai terminé Fortnite.

— Cool. Et maman ?

— Ben, la seule good new, c'est qu'avec ce confinement, elle m'envoie plus de textos pour me demander 10 fois par jour "t'es où ?" Mdr

— Elle cuisine toujours ?

— Yep. Maintenant, elle fait plus des trucs verts, elle fait des trucs orange.

— C'est bon ?

— TMTC

— Ah oui. Toi-même tu sais. Je m'en souviens de celui-là. Il faudrait mettre un S à la fin, mais OSEF !

— Voila. C'est ça.

— Donc je déduis de ces acronymes que ce n'était pas très bon le "truc orange" de maman ?

— Yep. GF1

— ?

— J'ai faim !

— Aïe ! Il est trop difficile pour moi, celui-là. Mais je vais progresser, tu vas voir. Je t'aime, tu me manques, mon grand.

— Yep. »

Jour 7

Esther

Le temps est magnifique, ces jours ci ; c'est tellement rageant de ne pas pouvoir sortir autant qu'avant ! Enfin, moi, ça ne m'empêche pas de faire ma petite promenade, j'avance lentement, comme une vieille tortue, mais je sors quand même un peu chaque jour. Mais ça ne suffit pas à me rassasier d'air frais et de soleil. Heureusement que nous avons nos balcons !

Je dis « nous », car en ce moment, j'ai l'impression que toute la rue se retrouve à sa fenêtre ou à son balcon. Mes voisines et moi n'échappons pas à cette envie de printemps.

Ce matin, la jeune fille (Manava, quel joli prénom !) se prenait en photo en jouant avec la lumière du matin. La jeune maman, Céline, était, elle aussi, accoudée à la balustrade (j'ai l'impression qu'elle y est toujours tôt le matin, avant que ses enfants se réveillent). On s'est saluées, toutes les trois, un peu timidement, en se faisant un signe de la main.

C'est moi qui ai engagé la conversation. À cette période de l'année, mes géraniums sont en pleine reprise, ils vont être superbes ; j'ai donc demandé à mes voisines si ça leur ferait plaisir d'en avoir une bouture. C'est Céline la première qui m'a répondu avec un gentil sourire :

> « Pourquoi pas... C'est une chose dont je n'ai pas encore eu le temps de m'occuper, de mettre des plantes et des fleurs chez moi. Pourtant, j'aimais bien ça, "avant". Et des fleurs, j'en recevais parfois, quand j'étais... enfin... avant. »

Je l'ai assurée que les géraniums étaient très faciles d'entretien et qu'elle n'aurait pas besoin d'y consacrer beaucoup de temps. Évidemment, la Petite s'est montré plus dubitative. Je pense surtout qu'elle ne s'est jamais occupée d'une plante de sa vie et qu'elle se demandait si elle en avait les compétences.

Céline et moi l'avons rassurée : elle n'aurait rien à faire, juste à orienter correctement le pot. Nous lui rappellerions quand il faudrait arroser et tailler. Puis Céline a eu un argument imparable : c'est tellement joli, les fleurs, sur les photos ! À sa manière de plisser son nez et de froncer les sourcils (exactement comme ma Béatrice à son âge), j'ai bien vu que cet argument faisait son chemin dans l'esprit de la petite. Finalement, elle a accepté timidement.

Je leur ai dit à toutes les deux que je préparerais les pots cet après-midi et qu'on se les ferait passer par-dessus la balustrade. Céline a eu l'air d'hésiter, à cause des contacts qui sont interdits (moi, je n'y avais même pas pensé : tout cela m'ennuie prodigieusement). On s'est tout de même donné rendez-vous en fin d'après-midi, sur nos balcons respectifs.

C'est idiot, mais cette perspective m'a remplie de joie. Les journées sont si longues ! Et plus encore que ma jambe fracturée, je crois que c'est d'une tout autre cassure dont je souffre. De moins en moins de liens avec l'extérieur, mes enfants loin, plus de kiné à domicile, et même mon petit David qui vient moins souvent à cause de l'épidémie. Mais peut-être que les fractures de l'âme se réparent, tout autant que celles du fémur ?

Un rendez-vous... un vrai. Il y a belle lurette que je n'en avais pas eu !

Céline

Le temps est magnifique, ces jours-ci. C'est tellement rageant de ne pas pouvoir sortir !

Hier, j'ai été faire un tour dans la rue avec les jumeaux, histoire de leur faire prendre l'air. Nous ne sommes pas restés longtemps, à peine une petite heure, mais ça leur a fait du bien. Moi, de mon côté, je culpabilisais un peu. C'est tout moi, ça : je sors deux ou trois fois dans la semaine avec les enfants pendant une heure, je n'ai d'interaction sociale avec personne, à part mes enfants et le chat, et je trouve le moyen de me sentir coupable quand même.

Enfin, non, ce n'est pas tout à fait vrai que je n'ai plus d'interactions sociales. Au contraire : nous échangeons désormais quelques mots tous les jours avec les voisines, et ce matin, Esther m'a même proposé de me faire une bouture de son géranium. J'ai trouvé l'idée très sympa, et encore plus quand elle a fait la même offre à Manava.

Du coup, j'ai suggéré qu'on se fasse un petit goûter, dans l'après-midi, afin de célébrer dignement la remise des boutures. Comme je suis très précautionneuse avec cette histoire de virus, je vais réfléchir à une logistique irréprochable, afin que personne ne prenne de risque.

C'est parfaitement crétin, je le sais, mais l'idée même de se retrouver à 17 heures, avec elles deux, m'a mis le sourire aux lèvres. « La honte totale », dirait Hugo. Non, il dirait « la hass ! » en levant les yeux au ciel. Il aurait bien raison.

Mais c'est chouette quand même. Un rendez-vous... un vrai. Il y a bien longtemps que je n'en avais pas eu !

Manava

Le temps est trop top, ces jours-ci ! Je commence à avoir un peu les boules de pas pouvoir sortir. Mais je vais quand même pas aller dans la rue avec un masque ! Plutôt crever que de porter un truc pareil. Et puis, de toute façon, la rue, c'est pour les losers. Moi, si je sors, c'est Dubaï, Miami ou rien. Heureusement que j'ai mon balcon.

D'ailleurs il s'est passé un truc kiffant aujourd'hui. Mes deux voisines parlaient jardinage ensemble, et d'un coup, Mamie Nova m'a demandé si ça me dirait qu'elle me file une biture. Ça m'a semblé bizarre, comme proposition, de la part d'une femme qui a au moins cent-dix ans, surtout qu'avec l'autre voisine, j'ai pas l'impression qu'elles soient du genre très fêtardes.

J'ai répondu que j'étais en mode détox et que je buvais pas. De toute façon, je suis pas très portée sur l'alcool. Ça les a fait marrer, et ensuite, elles m'ont expliqué qu'elles parlaient de « bouture ». C'est un truc de jardinage : en gros, elles me proposent de me filer un bout de plante avec des fleurs. J'y connais rien en trucs de la nature ; j'ai dit que je pensais pas savoir comment m'occuper d'une plante. En plus, même si je l'ai pas rajouté pour pas être méchante, mais vraiment, c'est trop un truc de vieux, le jardinage. Il faut un tablier, des bottes moches, on doit arroser et même toucher la terre. Bref, c'est pas du tout pour moi : je suis déjà trop inquiète pour ma manucure qui va pas tenir encore plusieurs semaines, alors je vais pas aller me fourrer les mains dans de la terre ! DE LA TERRE ! Je crois qu'elles m'ont prise pour une sorte de sanglier.

Mais bon, comme j'ai un bon fond, j'ai fait ma gentille et j'ai dit O.K. Et puis je me suis dit que je pourrai peut-être en faire une story sur Instagram.

On s'est filé rencard en fin d'après-midi. Drôle de vie ! Il y a deux semaines, mon planning était booké avec un YouTubeur pour une interview exclusive, avec ma prothésiste ongulaire pour ma manucure, avec mon chirurgien pour la visite de contrôle de mes prothèses de fesses et avec la production de *L'île de l'amour* pour négocier la saison 3 en Thaïlande. Et là, je me retrouve à avoir rencard sur mon minibalcon à 17 heures avec une vieille et une grosse mère de famille. « Ce n'est pas un rencard, c'est un rendez-vous », m'a corrigé Mamie Nova avec un sourire.

Un « rendez-vous », putain. Comme au siècle dernier !

Damien et Hugo

« Alors ?

— Terminé Fortnite 2.

— Bien. Et les cours ?

— Pas terminé ☺

— Pas drôle. Je veux que tu limites ton temps devant les écrans et que tu te concentres un peu sur tes études. Compris ?

— TKT. Je gère, promis.

— Et maman ? Elle va bien ? Quand je prends des nouvelles, elle répond toujours que tout baigne.

— Elle est chiante.

— Pffff…

— C'est à elle qu'il faudrait limiter son temps d'exposition aux écrans. Parce qu'elle regarde les infos tout le temps, et après, elle a l'air tellement flippée qu'on dirait que c'est la fin du monde.

— C'est normal, elle s'inquiète. Moi aussi, je m'inquiète pour vous. Tout le monde s'inquiète, en ce moment, sauf que maman, elle est seule à Paris, avec trois enfants et deux ex-maris qui sont loin et qui ne lui sont donc d'aucun secours.

— J'suis pas un enfant !

— Alors prends soin d'elle et de tes petits frères.

— Demi. Demi-frères

— Demis. Ça ne change pas grand-chose.

— Je m'en occupe, des jumeaux. Je les emmène faire des tours dehors des fois, avec leurs tricycles. T'imagines la street cred.

— Street cred ?

— Street credibility.

— Hum... Je veux bien y mettre de la bonne volonté, mais là, c'est trop fort pour moi.

— C'est le niveau de respect que tu inspires dans ton quartier. En gros, t'as la classe si t'es stylé, cool et que tu parles comme les rappeurs. T'es un thug, c'est-à-dire un dur.

— Ok, compris. Sinon t'es un boloss.

— Mdr. Comment tu connais boloss ?

— Il y a un tout jeune interne qui vient me filer un coup de main. Il s'appelle Théo. Il est sympa, je lui ai dit que j'étais paumé avec ton charabia ; ça l'a fait rire et il m'a appris deux ou trois expressions. Alors, ça t'impressionne ? ☺

— Bof.

— Bon, pour en revenir à la discussion, je suis pas d'accord, c'est pas boloss, c'est assez classe, un ado avec ses petits frères. Les filles adorent ça, tu sais.

— Mouai. Des filles, faudrait que j'en voie, et comme je suis séquestré...

— Confiné. C'est le bon mot, même si je sais que dans le fond, c'est vraiment pas cool pour un ado. Désolé que tu vives ça, mon grand.

— TKT. En tout cas, tous les soirs, pour les applaudissements, Mum en profite pour aller bédave sur le balcon pendant une heure, et moi, je gère les jumeaux. J'les fais jouer, on regarde la télé. Maman s'est fait des kopines, je crois.

— Cool. Dans l'immeuble ?

— Yep. Au même étage, les voisines de balcons.

— Sympa.

— Il y en a une, assez jeune, c'est de la peufra, mais genre choin, tu vois.

— Pffff, là, tu le fais exprès ! Traduis stp.

— Tu demanderas à ton Théo.

— Allez, sois cool !

— Il y a une fille qui est plutôt canon, mais dans un style un peu vulgaire.

— Ah ah, tu es intéressé ?

— Nan ! PTDR, tu délires, et en plus, j'suis en couple, je fais le canard, moi, maintenant.

— Ça veut dire quoi "faire le canard" ?

— Je prends bien garde à adopter une attitude irréprochable, maintenant que j'ai une relation amoureuse stable.

— Ah, très bien. Tu m'expliqueras comment on fait, alors, quand on se verra. Moi, j'ai jamais trop su m'y prendre avec les femmes. Tu as l'air plus malin que moi. Et l'autre voisine ?

— C'est une vieille. J'lui descends ses poubelles, et l'autre jour, je lui ai fait ses courses, des trucs lourds. Elle a voulu me filer 5 euros après.

— T'as fait quoi ?

— J'ai pas accepté. C'est bon, j'suis pas un crevard.

— Je t'aime, Fils.

— Yep. »

Jour 8

Céline

Hier, à 17 heures, on s'est donc toutes retrouvées comme des collégiennes sur nos balcons. C'est sûrement pour moi que ça a été le plus compliqué, parce que, mine de rien, avec les jumeaux, me ménager un peu de temps au calme, tranquille, ça relève parfois de l'exploit.

Pour Hugo, les choses sont plus simples. D'abord, il vit la plupart du temps dans sa chambre, qu'il a transformée en tanière. Ensuite, il a ses combines : il fait le tour de l'étage pour proposer ses services pour descendre les poubelles. Il a commencé à mettre ça en place avec Esther, au début, et maintenant, il y a d'autres voisins qui laissent leur sac plein sur le palier, et lui, il récupère tout. À défaut de réussir ses études, je pense qu'il se prépare une chouette carrière d'éboueur-fumeur de joints.

Il fait aussi les courses : les nôtres et maintenant un peu celles d'Esther, même si elle n'est pas facile à convaincre. Elle continue d'aller à la supérette, chez le boucher et le fromager, malgré mes mises en garde. Heureusement, elle accepte que Hugo lui prenne de l'eau minérale, du lait, de la lessive (les choses lourdes), mais j'aimerais bien qu'elle diminue vraiment ses sorties.

Bref, j'ai laissé mon grand fils gérer les petits devant Gulli, une provision de gâteaux et de bonbons. Je me suis dit que, de toute façon, l'équilibre alimentaire serait rétabli dans la soirée, avec le délicieux wok de légumes anciens que j'ai prévu. J'ai même réussi à grappiller un paquet de Choco BN pour notre goûter.

Esther avait préparé du thé au jasmin pour tout le monde. On a improvisé un cérémonial un peu compliqué, en se passant nos mugs, nos tasses et nos Choco BN de balcon en balcon et de mains gantées en mains gantées. Manava n'a pas voulu de biscuits, parce qu'elle a décidé de suivre un régime sans gluten, ce qui me paraît curieux, vu qu'elle se nourrit essentiellement de hamburgers, mais je crois que sa culture diététique est trop récente pour être cohérente. C'est moi qui ai insisté pour qu'on mette des gants, et Esther, qui est décidément bien insouciante, les a rapidement enlevés en prétextant qu'elle était trop maladroite. J'ai un peu râlé, pour la forme.

Notre vieille voisine avait bien fait les choses : elle avait préparé deux petits pots avec chacun, au milieu, fièrement dressé, une petite branche de géranium. Là encore, on se les est fait passer avec précaution à travers les barres des herses qui séparent nos balcons.

Par deux fois, j'ai dû retourner au salon, parce que les jumeaux se disputaient. Je suis revenue contrariée de ne pas réussir à avoir un instant à moi. Esther a glissé d'une voix douce que ce confinement était difficile pour tout le monde, mais que ça devait l'être encore plus, seule, avec de jeunes enfants et un ado. Elle a demandé si leur papa ne leur manquait pas trop. J'ai croqué rageusement dans mon BN et allumé une cigarette. C'était un vrai joli moment, un de ces moments de complicité qui incite aux confidences, et je ne sais pas pourquoi, je me suis sentie en confiance. J'ai eu envie de me raconter un peu.

Mon premier amour s'appelait Éric, c'était mon voisin à la campagne. Il avait sept ans, il était blond et beau comme un petit dieu grec. J'étais éblouie. Pour le séduire, j'avais convaincu ma mère d'acheter une petite piscine gonflable. Je m'assurais ainsi de sa présence dans notre jardin tout l'été. Je veillais toujours à ce qu'il y ait son sirop préféré (framboise/cassis) et des Pépito pour le goûter, car je savais qu'il adorait ça. J'avais aussi mis à sa disposition tout mon stock du *Journal de Mickey*, et lui, de son côté, il amenait ses vieux *Pif Gadget*. On s'éclaboussait, on faisait des concours d'apnée agenouillés dans l'eau, puis on feuilletait nos magazines en mangeant les Pépito. Avec le soleil, les biscuits avaient tendance à fondre, alors discrètement, je m'essuyais les mains sur ma serviette, de peur qu'Éric ne me surprenne barbouillée de chocolat et qu'il se moque de moi.

J'ai toujours été un peu rondouillette, mais cet été-là, j'avais un maillot de bain à pois et à volants dans lequel je me sentais la plus belle. Un jour, j'ai poussé la témérité jusqu'à faire une déclaration maladroite à Éric. Avec un détachement feint, je lui ai dit : « peut-être qu'on est comme des amoureux, toi et moi, tu crois pas ? » Il a eu l'air surpris, a haussé les épaules, puis il a dit : « Oh ben non, alors ! » Ensuite, il a terminé le paquet de Pépito.

Malgré tout, ce fut un bel été, jusqu'à ce qu'Éric me demande si on pouvait inviter une certaine Sabine, jolie et fine brunette qui venait d'arriver chez ses grands-parents pour passer le reste des vacances. Je n'ai pas osé refuser. Un jour qu'on s'entraînait tous les trois à faire des bulles sous l'eau, je les ai vus se prendre la main. C'est ainsi que j'ai vécu mon premier chagrin d'amour.

Depuis, j'ai l'impression d'avoir toujours plus ou moins répété cette histoire. À chaque fois, un peu trop tard, j'ai sorti la tête de l'eau, pour m'apercevoir que mon amoureux regardait ailleurs, ou pire, tenait la main d'une autre…

Peut-être que je me fais des idées, mais j'ai eu l'impression qu'Esther et Manava m'écoutaient et me comprenaient parfaitement. Comme s'il pouvait exister un lien invisible entre une toute jeune starlette de téléréalité, une vieille dame de quatre-vingt-six ans et une grosse mère de famille divorcée. Comme si quelque chose d'impalpable et d'universel nous unissait.

Alors, encouragée par leur attention, je crois que j'ai tout balancé d'un coup. Damien, le premier mariage de rêve, l'amour fou, le premier enfant. La distance, petit à petit, la déception, la routine, et cet amour fou qui se transforme petit à petit en amour doux, et puis un jour, en plus d'amour du tout. Ce moment où tu n'arrives même plus à te souvenir de quand date le dernier baiser, et encore moins le dernier rapport. Ces mots « j'ai besoin de vivre ma vie, ce n'est pas toi, c'est moi » et la sidération quand tu comprends que dans cette vie-là, tu n'as plus ta place. « Ce n'est pas toi, c'est moi », disait-il, mais moi, je comprenais : « ce n'est plus toi pour moi. »

Et la décision inéluctable de la séparation. L'amertume et la tristesse qui n'osent même pas s'exprimer tellement tout le monde trouve que vous faites un couple de divorcés « formidablement matures », qui s'entendent bien. « C'est important avec un enfant au milieu. » Tu parles ! « On » s'est mis d'accord ? « Il » s'est surtout mis d'accord pour me quitter. Avec des égards, avec douceur, mais pour me quitter tout de même. D'accord pour qu'il aille vivre sa vie et que moi, je reste avec ma vie sans lui. D'accord pour qu'il quitte l'hôpital et reprenne un cabinet médical dans son Alsace natale, parce qu'il n'en pouvait plus de vivre à Paris, parce qu'il avait « besoin d'air » et d'une autre vie.

Quand tout le monde te dit « c'est génial ce que vous faites, c'est super de le prendre aussi bien », il serait malvenu de se mettre à pleurer, non ? Et puis, moi, je suis grande et plutôt bien charpentée. On n'imagine pas quelqu'un de ma carrure sangloter. Au moment de la distribution des rôles, j'ai tiré celui de « femme forte », alors que je ne rêvais que du rôle de l'amoureuse pour la vie, celle que l'on prend dans ses bras et que l'on soulève de terre pour la faire tournoyer. Je ne suis pas une femme facile à soulever.

C'était il y a huit ans. Damien et moi sommes des divorcés modèles.

Depuis, j'ai obtenu un nouveau premier rôle, avec Anthony, celui de la deuxième chance, et je m'y suis lancée à cœur perdu. Un nouvel amour, de nouveaux horizons, de nouvelles promesses. Ce bonheur parfait de famille recomposée, avec deux adorables jumeaux pour couronner le tout. Je me suis appliquée pour le tenir, ce rôle. Cette fois, c'était le bon, celui de ma vie, et j'avais l'avantage de l'avoir déjà répété.

Ce que je n'avais pas prévu, en revanche, c'est de me faire doubler par une starlette plus jeune, plus fraîche, qui n'a pas tardé à me reléguer au second plan. J'ai été d'une naïveté sans nom. Toute à mon bonheur et à ma pièce de famille parfaite, j'ai ignoré résolument tous les signes d'alerte : les rendez-vous à l'extérieur qui se prolongeaient, les soirées de « boulot » où les épouses n'étaient pas conviées, les séminaires en province. Tant de séminaires ! Un jour, j'ai même trouvé des préservatifs dans sa trousse de toilette. N'importe quelle femme normale se serait inquiétée et aurait demandé des comptes. Mais pas moi. À l'époque, nous avions une vie sexuelle plutôt épanouie, et Anthony aimait bien de temps en temps, par jeu, utiliser un préservatif lors de nos rapports. Il disait que ça lui apportait des sensations différentes. Tu parles...

Je n'ai pas su, pas voulu ou pas pu voir ces signes. Il avait dit « pour la vie », donc j'ai compris « pour la vie ». Je ne savais pas qu'il y avait des sous-titres. En amour, j'ai toujours été d'une candeur incroyable et d'une grande crédulité. J'ai un cœur de midinette. Quand j'étais jeune, j'étais une sorte de fleur des champs, une pâquerette cachée dans un corps solide et nerveux de jeune vachette. Avec le temps, mon corps s'est plutôt transformé en grosse vache, mais le coquelicot est toujours là.

Je n'ai pas connu mon père, et ma mère a toujours été plus occupée à survivre qu'à vraiment m'élever. Sa propre mère l'avait déjà élevée seule, à une époque où le divorce était encore un énorme scandale. Je suis d'une famille sans hommes, où l'on se transmet l'abandon de mère en fille. Dans ma construction psychique et dans ma vision du monde, j'ai parfois l'impression qu'il me manque des pans entiers de connaissance et de compréhension des rapports humains. Les bases. Reconnaître quand on se fout de vous, flairer le mensonge, sentir l'arnaque, se méfier, être prudente. Les bases.

Il y a une scène qui m'a marquée dans un vieux film avec Isabelle Adjani et Yves Montand. Dans ce film, Montand est un père absent, qui ne s'est jamais occupé de sa fille et qui la retrouve à l'occasion de circonstances rocambolesques. À un moment, ils doivent fuir à bicyclette. Montand monte sur son vélo et commence à pédaler, avant de se rendre compte qu'Adjani ne le suit pas. Elle reste plantée, désemparée, à côté de sa bicyclette, alors son père lui demande de se dépêcher. Et là, elle répond toute triste : « Je ne sais pas en faire. » Un peu penaud, Montand lui dit : « Je ne t'ai jamais appris ? » Elle fait signe que non, et lui, tout honteux, il fait demi-tour et la prend sur son vélo.

Voilà. C'est moi, ça. Personne ne m'a appris à faire du vélo. Alors forcément, je vais droit dans le mur, sauf que je ne ressemble pas du tout à Adjani. J'ai été un peu jolie, mais je ne le suis plus vraiment. J'ai des cheveux châtains-blonds, bientôt gris, perpétuellement en broussaille, je ne me suis pas épilée depuis six mois, j'ai la peau sèche, surtout autour des yeux, et des rides de contrariété précoces. Je mesure 1,79 m et, en ce moment, je pèse 97 kg. Pas trop Adjani, donc.

C'était étonnant de raconter tout ça sur un balcon à des inconnues. Après, il était 20 heures, il y a eu les bravos pour le personnel hospitalier, et j'ai eu l'étrange impression que les gens applaudissaient à mon histoire.

Damien et Hugo

« Quoi de neuf, Fils ?

— Rien de spécial. La boulangerie en bas de la rue est fermée. Mum a décidé qu'elle allait faire le pain, maintenant.

— Ah, c'est bien, ça.

— Mwé...

— Ne sois pas pessimiste.

— Mwé.

— Tu flippes ? ☺

— Nan. Tant qu'il y a pas de réduction de la bande passante, je tiendrai le coup. Et toi ? Ca va ?

— Comment tu dis quand c'est la misère, déjà ?

— La hass.

— Ok. Et le bordel, tu dis comment ?

— Le sbeul.

— Voila. La hass et le sbeul (je vais les noter, celles-ci). Ecoute, je m'accroche. Puisqu'il paraît que c'est la guerre, je suis un petit soldat, au front, les pieds dans la boue, les balles sifflent de partout, mais je fais mon boulot du mieux possible et j'ai pas l'intention de lâcher.

— Classe. T'es un genre de thug dans ton style.

— C'est un compliment ?

— Yep ☺ »

Jour 10

David

J'aime bien aller chez Esther, parce qu'avec elle, les choses sont simples. Si jamais je me trompe, dans mes réactions, dans mes phrases, dans la tête que je fais, elle ne semble jamais m'en tenir rigueur. Elle se contente de hocher un peu la tête avec un petit sourire. Du coup, en sa présence, j'apprends plein de choses, je découvre des livres, elle me parle des films, de la musique de son époque, je me sens à l'aise. Bien plus qu'avec Marion, ma colocataire, qui a toujours l'air exaspérée quand je n'ai pas la réaction qu'elle attendait ou qu'elle aurait souhaitée.

Pourtant, si elle m'expliquait un peu les choses, ce serait plus simple. Seulement, voilà, à chaque fois que je lui pose une question ou que je lui demande un éclaircissement, elle m'envoie bouler en me disant qu'elle n'a pas le temps. C'est vrai qu'elle est très occupée : entre son master Études sur le genre – Option Littérature postcoloniale et altérité – à la fac, les blocus, les grèves et les manifestations pour protester contre le système, elle n'est pas souvent à l'appart (dont le loyer est payé par son père, un mâle CIS blanc bourgeois oppressif). Et quand elle est là, elle passe l'essentiel de son temps sur son iPhone 11 Max et son iPad, à twitter et à relayer des pétitions ulcérées contre la société de consommation.

J'ai un TSA, c'est-à-dire un trouble du spectre autistique. Asperger, mais léger. Je l'ai toujours su. Mes parents s'en sont rendus compte rapidement, mais ça ne m'a jamais empêché de vivre ni de travailler. Je dois juste être vigilant, parce qu'il y a des choses évidentes pour tout le monde que moi, je ne capte pas, comme les sous-entendus, le second degré, les nuances. Toutes ces choses, je les connais, on me les a expliquées cent fois, mais pour moi, elles ne sont pas naturelles. Je ne les repère pas : il faut m'aider à les décoder. Alors je mets en place des stratégies, je modélise, et ça fonctionne assez bien.

Depuis des années, j'observe, je questionne, je reproduis fidèlement les comportements. Je fais des fiches et des listes pour chaque situation. Je numérote également beaucoup. Par exemple, je sais que je dois faire attention à bien regarder les gens dans les yeux, parce que, pour eux, c'est important (alors que pour moi, c'est un gros effort). Ainsi, j'ai établi une liste de six regards principaux :

– **Regard n° 1** : neutre, franc, ouvert, tranquille. Sans provocation.

Application : supermarché, métro, inconnus.

– **Regard n° 2** : réservé et sympathique.

Application : vendeurs dans les magasins fréquentés habituellement, personnes que l'on croise régulièrement (voisins), premiers contacts.

- **Regard n° 3** : sympathique et chaleureux.

Application : relations de type amicales et gaies, déjeuner entre collègues.

- **Regard n° 4** : intéressé, un peu étonné.

Application : toute phrase prononcée par un patient, collègue ou voisin et commençant par les expressions suivantes : « Vous savez quoi ? », « Vous connaissez la dernière ? », « J'en ai une bien bonne à vous raconter ! »

- **Regard n° 4 bis** : très étonné.

Application : toute phrase venant à la suite de la première, et commençant par « Attendez, c'est pas tout. »

- **Regard n° 5** : réservé et un peu ennuyé.

Application : situation de compassion, premier contact avec des malades, évocation de sujets tristes, nécessitant de l'empathie, mais n'impactant pas directement l'interlocuteur. Voisine du 3e qui se plaint tout le temps. Personnes qui parlent de la météo en situation de pluie, brouillard ou froid. (En cas de phénomènes météorologiques inhabituels, de type grandes chaleurs, canicule ou fortes chutes de neige, adopter de préférence le regard n° 4.)

- **Regard n° 6** : empathique et ému, triste.

Application : malades en situation d'aggravation, collègues qui racontent une rupture amoureuse. Généralement, films en noir et blanc (sauf *Charlie Chaplin* : regard n° 3) et chansons de Léo Ferré ou Mylène Farmer.

J'ai également une liste de huit sourires. C'est plus compliqué en ce moment, parce que je porte un masque toute la journée, mais en temps normal, je maîtrise assez bien leur utilisation.

Cela va du sourire basique et rapide au sourire rassurant, en passant par le sourire enthousiaste. Par exemple, quand je vais acheter du pain, je sais que ma boulangère me connaît, que je dois être cordial et chaleureux. Alors je fais le sourire n° 2, celui que l'on adresse aux gens quand on les connaît juste un peu, mais sans trop de familiarité. Quand je fais les courses au supermarché, en revanche, je fais le sourire n° 1 : c'est le sourire gentil mais distrait, que l'on adresse aux gens que l'on ne reverra pas forcément, que l'on ne connaît pas, mais qui leur fait plaisir brièvement

Grâce à cette méthode, j'arrive assez bien à me débrouiller dans les situations les plus courantes. Cela me permet aussi de bien gérer les relations dans mon métier d'aide-soignant à domicile. Comme, en général, je vois les gens régulièrement, sur du moyen ou long terme, je peux faire des fiches mentales correctes pour chacun d'eux. Ensuite, une fois que j'ai ça en tête, je ne me trompe plus jamais. Par exemple, avec un patient inquiet et/ou douillet, je fais le sourire n° 3 (rassurant) et le regard n° 5 (dans ce cas précis, il faut aussi l'accompagner d'un signe de tête).

Parfois, j'ai des patients qui ont eu des accidents, qui étaient très actifs avant, qui vivent mal leur immobilisation ou leur maladie et qui s'impatientent et se désolent. À ceux-là, il faut faire le sourire n° 6, celui où l'on met un peu la bouche en avant et où l'on fronce les sourcils : le genre de sourire déterminé et énergique, qui dit « On ne va pas se laisser abattre ! », avec le regard n° 2. Si on l'adresse avec le regard n° 3, ça fait trop.

Tout est question de méthode et d'organisation. J'ai aussi tout un tas d'autres listes : pour les plaisanteries, le second degré, les métaphores, avec humour/sans humour, etc.

Je sais que cela fait beaucoup de listes, mais je m'y retrouve plutôt bien, surtout depuis qu'Esther m'aide.

Si je devais faire une liste des gens que j'aime beaucoup, je la mettrais sûrement dedans.

Damien et Hugo

« Alors ce pain ? ☺

— Elle a fait un truc, mais je crois qu'elle a pas mis assez du truc qui fait gonfler.

— Du levain ?

— Oui, c'est ça ; en fait, ça a fait kom une galette ronde toute plate.

— C'était bon quand même ?

— Je sais pas. Elle l'a fait trop cuire, c'est devenu tout dur. On a pas pu la manger. Même Mum a reconnu que c'était pas possible et elle a dit ke c'était pas le moment de se casser une dent.

— Effectivement. Sage précaution.

— Yep. CPG

— Ne me dis rien. CPG, ça veut dire "C'est pas grave", c'est ça ?

— Yep.

— Ah Ah, tu vois, je deviens perspicace, je commence à comprendre de mieux en mieux.

— Top. Du coup, j'ai appris aux jumeaux à jouer au frisbee. On s'est tapé des barres de rire, même s'ils sont nuls en rattrapage de galette. Et puis maman a dit qu'il fallait arrêter, car on allait assommer quelqu'un.

— Ah ah ah, j'imagine la scène. Et sinon, ça va ? Tu ne passes pas tout ton temps à jouer à la console, j'espère ?

— Tkt.

— Si, je m'inquiète un peu, justement. Vu que quand je t'envoie des messages le matin, tu ne me réponds pas avant midi, j'en déduis que tu te couches tard.

— Mum coupe le wifi à 22 heures, de toute façon.

— Ok, et alors comment ça se fait que tu m'envoies parfois des messages WhatsApp à minuit ?

— Ptdr miskine elle sait pas que j'ai 60 Giga de 4G cheh !

— Aïe, là, je sèche. Aide-moi stp.

— Miskine = je t'ai déjà expliqué plein de fois. Ça veut dire qu'un truc fait pitié. Là, par ex, tu peux traduire par "la pauvre".

— Oui, je me souviens. Et l'autre mot ? Cheh ? je l'ai déjà entendu, celui-ci, même ici, en Alsace, les jeunes le disent.

— Ça veut dire qu'on se moque un peu de la personne. Genre "bien fait pour toi."

— Passionnant. Et ça vient d'où, ces mots ?

— Chais pas. C'est des mots rebeus, je crois.

— Et ? Qu'est-ce qui fait que tu aimes les utiliser ?

— Ben, question de Street cred...

— Ah oui, c'est vrai, j'oubliais ton truc de Street credibility... En tout cas, c'est curieux, cette passion pour les mots d'origine arabe que vous avez, vous, les jeunes... Tu sais, ta mère est née à Lille, et moi, je suis Alsacien depuis des générations ; au niveau des origines, tu n'as rien de très oriental, pourtant, et c'est un euphémisme !

— ? Un quoi ?

— Un euphémisme. C'est une figure de rhétorique, ça vient du grec. Phêmi = je parle. Eu = bien. C'est-à-dire employer des expressions de bon augure, en mode ironique.

— Ben tu vois, toi non plus t'as rien de trop grec, question origine, pourtant ! ☺

— Ah ah, t'es loin d'être bête, toi ☺ (ça, c'est une litote) ! Bonne nuit, mon grand.

— Yep. »

Jour 14

Esther

Je crois qu'on peut dire qu'il se passe quelque chose dans ma vie en ce moment. Bien entendu, je ne parle pas de cette horrible pandémie. Ça, c'est quelque chose d'horrible et d'effrayant, mais je ne veux pas y penser. Je ne regarde et n'écoute même pas les informations : je ne supporte pas les glaçantes énumérations des morts, chaque jour.

Que peut-on faire à part rester chez soi ? Et encore... Céline me gronde à chaque fois, mais moi, je ne suis pas prête à me calfeutrer, à mettre des gants ou un masque. Tout ça m'exaspère profondément, parce que c'est le printemps. C'est le moment où je voudrais n'avoir en tête que mes fleurs, mes plantes. C'est le moment où on est censé se promener dans les parcs, les jardins, humer l'air frais, écouter les oiseaux...

Toute ma vie, j'ai adoré cette saison, passionnément. Alors maintenant qu'il me reste si peu de printemps à vivre, je me sens doublement flouée. Le square que j'aime tant est fermé. C'est ridicule. Si j'ai bien compris, je vais devoir attendre la semaine des quatre jeudis pour pouvoir m'asseoir simplement sur un banc au soleil. Ridicule ! Peut-être que si ce virus était apparu en hiver ou en automne, j'aurais été plus sage et moins impatiente.

Je suis préoccupée également quand je songe à Béatrice et à Marc. Bien sûr, ils ont leur vie et sont heureux chacun de leur côté, l'une en Australie, l'autre au Canada, mais c'est juste qu'en ces temps troublés, je n'aime pas les savoir si loin.

Et puis, j'ai aussi trois petits-enfants. Ce sont des ados, maintenant, je les vois une fois par an... J'aimerais beaucoup recevoir des lettres d'eux, mais les enfants ne savent plus écrire de nos jours. Bien entendu, nous nous appelons de temps en temps, mais je dois reconnaître que je n'ai jamais aimé le téléphone. Je ne suis pas à l'aise avec les mots et les silences, j'ai besoin de voir mes interlocuteurs, les regards, les sourires. Les sourires, surtout.

C'est pour ça que celui de la Petite me fait fondre. Il vient toujours nuancer ou carrément contredire ses mots. Elle dit « Je m'en fous ! » ou alors « Pffff, n'importe quoi ! », et son sourire dit « Ah non, ne me croyez pas, je fais ma mauvaise tête ou mon indifférente, mais en fait, je suis juste intimidée. » Par exemple, elle a fait ça l'autre jour, quand je lui ai proposé une plante. Pourtant, chaque matin, je la vois qui contemple son pot avec attention. Elle guette l'évolution des jeunes pousses. À chaque fois qu'elle m'aperçoit sur le balcon, elle me demande si son pot est bien orienté, si c'est le bon moment pour arroser et me pose plein d'autres questions.

Voilà pourquoi j'aime parler aux gens en regardant leur sourire, leurs yeux. Voilà pourquoi j'ai si peu d'échanges avec mes enfants et petits-enfants, à part les habituels et rapides coups de fil hebdomadaires. (Je ne blâme personne : comme je n'aime pas le téléphone, c'est souvent moi, mal à l'aise, qui écourte les échanges.)

Je mentirais en disant que ça ne me manque pas, mais à bien y réfléchir, tant de choses me manquent ! À commencer par la présence de Georges : on ne vit pas quarante-cinq ans ensemble sans se trouver démuni quand l'autre meurt. Mais c'est une absence différente, à laquelle j'ai eu le temps de m'habituer.

Alors je passe devant mes photos et mes cadres, je leur parle, je les époussette, je leur raconte ma journée et j'imagine leur réponse. En ce moment, par exemple, je leur parle de mes voisines. Je m'en fiche de passer pour une vieille zinzin, mais plus les jours passent, et plus j'ai l'impression de m'attacher à ces femmes. Le confinement y est certainement pour beaucoup, mais pas uniquement. Chacune à sa manière me touche profondément, et rien ne me ferait plus plaisir que de pouvoir les serrer dans mes bras.

Pour ce qui est de la Petite, j'ai déjà eu l'occasion de dire à quel point j'aime cette toute petite fille, cachée sous une apparence spectaculaire de Marie-couche-toi-là, aux faux airs cyniques et désabusés. Mais Céline, aussi, me touche beaucoup. Elle, c'est autre chose. Sous ses dehors un peu garçonne, bourrue et amusante, je la sens d'une grande sensibilité et d'une grande délicatesse.

Tous les soirs, nous avons donc pris l'habitude de nous retrouver, chacune sur son balcon. Notre rendez-vous est fixé un peu avant 20 heures, les applaudissements aux soignants nous servant de prétexte. Céline a décrété que le temps du thé au jasmin était révolu et qu'il nous fallait maintenant passer au Viognier. J'ai cru comprendre qu'elle en avait tout un stock. Je ne bois que très rarement de l'alcool : un verre de champagne une fois l'an, quand Béatrice et Marc viennent passer les fêtes de fin d'année en France, mais c'est tout.

Au début, c'était un peu acrobatique, parce qu'on se faisait passer les verres entre les herses de nos balcons et que Céline tenait absolument à prendre tout un tas de précautions ridicules et à me servir sans que je touche la bouteille et sans qu'elle touche mon verre. C'était également compliqué parce que, mon balcon étant entre les deux autres, il me fallait ensuite faire passer le verre rempli à Manava. Alors, pour simplifier la logistique, Céline a demandé à Hugo de nous déposer à chacune une bouteille devant notre porte. Nous gardons donc chacune notre trésor au frais et le ressortons chaque soir.

Et puis un soir, Manava a décidé que ce qui nous manquait, c'était de trinquer, et elle a décrété d'un air mystérieux qu'elle allait remédier à ça. Le lendemain, elle a amené deux espèces de longues cannes à pêche en métal avec des pinces au bout. Il paraît que ça s'appelle des perches « Hassel Phi » ou « asselfi ». Je ne suis pas sûre du tout de l'orthographe. La Petite a dit qu'elle en avait plusieurs. Je crois que ça a un rapport avec sa gymnastique ou bien avec son travail ; je ne suis pas sûre. Toujours est-il qu'elle en a gardé une et a fait passer l'autre à Céline en arguant que ce serait parfait pour maintenir nos verres et « trinquer » à distance. L'honnêteté m'oblige à dire que la manipulation a l'air tout de même un peu hasardeuse et que Céline a cassé deux verres, mais qu'importe : on s'est amusées comme des petites filles !

Si l'on m'avait dit qu'à quatre-vingt-six ans, je me retrouverais à attendre avec impatience de trinquer tous les soirs avec des inconnues, j'en serai restée comme deux ronds de flan et j'aurais bien ri. Et pourtant, c'est exactement ce qui se produit : tous les soirs, désormais, sur mon balcon, je ris comme je ne l'avais pas fait depuis des années.

Je vous l'ai dit : il se passe quelque chose en ce moment. Ça doit être le printemps ; je ne vois pas d'autre explication.

Manava

Je crois qu'on peut dire qu'il se passe des trucs de ouf dans ma *life* en ce moment. Bien sûr, je ne parle pas de cette saloperie de virus.

Je sais pas trop pourquoi, mais j'ai de plus en plus de followers. Surtout sur Instagram, je cartonne : + 1 800 depuis une semaine ! À la réflexion, c'est peut-être effectivement lié un peu au coronatruc et au confinement. J'ai pris un virage différent dans mes dernières publis : je suis moins dans le créneau « bombasse ». (Quoi que bombasse, je le resterai toujours, hein ? J'ai tout de même pas fait tous ces sacrifices et ces investissements pour rien, d'autant plus que mes prothèses ne me font presque plus mal !)

Non, en fait, je me rends compte que moins j'ai mal aux fesses, et plus j'évolue dans un registre intellectuel, voire spirituel. Ça fait vase communicant, je crois, entre mon cul et mon cerveau. Donc je suis à fond New Age, développement personnel, yoga, pensée positive, écologie vibratoire, Gaïa la déesse terre, etc. Même le livreur beau gosse de chez Uber Eats a forcément dû remarquer le changement, parce que, de plus en plus souvent, je me fais livrer des menus vegan, *eco-friendly*.

En tout cas, sur les réseaux, ça marche d'enfer. C'est parfois compliqué pour les photos de moi en train de faire des poses de yoga, parce que ça me fait de sacrées courbatures au bout d'un moment, mais ça vaut le coup. J'ai un peu mal au ventre, aussi, avec tous ces litres de thé vert que je bois. J'ai arrêté de mettre du soda dans mes mugs : je crois que j'arrive à une période de ma vie où je me dois d'être authentique et vraie (je paye cher mon honnêteté, parce que le thé vert à haute dose, c'est un peu laxatif). Je mets aussi beaucoup de citations inspirantes, avec des photos de bougies ou de cailloux ronds : c'est très classe.

Quand tout ça sera fini, j'irai faire un shooting photo au bord de la mer, sur le thème de l'écologie et de la préservation de notre belle planète. J'ai pas encore décidé la destination, peut-être l'Île Maurice ou les Seychelles ? Les Seychelles, je crois que c'est mieux, car il y a beaucoup de gros cailloux ronds. Je me mettrai face à l'océan, dos à l'objectif (histoire de rentabiliser mes prothèses de fesses), les bras relevés en corolle au-dessus de ma tête. Un hommage à Gaïa, la déesse terre. Ça va tout déchirer !

Tout ça pour dire que je gère quand même plutôt bien cette période, pas comme cette salope de Trishia qui est confinée chez sa mère, dans les Deux-Sèvres ! Je sais même pas où ça se situe, mais ce que je sais, c'est qu'un deux-pièces dans un HLM à Niort pour faire des photos, c'est la *lose*.

Je suis morte de rire, parce qu'elle continue à faire des vidéos live, la pauvre. Il faut voir ses efforts pour se filmer sans qu'on aperçoive l'horrible canapé en velours orange, le papier peint à fleurs marron ou le couvre-lit au crochet. Sans compter le chien caniche beige/orange qui apparaît sur toutes les vidéos ! Mauvaise pioche, ma grande. Ce qu'il faut pour être *hype*, c'est un joli chien, genre un machin tout plissé avec une tête adorable. Pas un roquet tout mité, dépressif.

Ou alors un chat. C'est bien, un chat. S'il y a quelque chose que je regrette, c'est bien de pas avoir de chat pour faire mes photos. Ça donne un côté serein et zen. Je crois que Céline, la voisine du fond, en a un. Je lui demanderai ce soir si elle serait O.K. pour me le prêter pour un shooting. Parce que, quand je parlais de trucs ouf qui se passent actuellement, je parlais aussi de ça : je copine d'enfer avec les voisines. Mamie Nova, c'est pas nouveau, je la kiffe. Mais Céline aussi, je l'aime beaucoup : elle est drôle et toujours très stylée, avec ses tenues de rappeuse US.

Bref, en fin de journée, je vais picoler un peu avec les voisines sur le balcon. Céline m'a fait passer une bouteille, je m'en sers un ou deux verres tous les soirs, j'aime bien ; on *bitche*, on rigole. Et le Viognier, ça me fait oublier un peu ce putain de thé vert.

Bien entendu, ces moments-là, je les mettrai pas dans ma story Insta ! C'est mon jardin secret. (Même si je n'ai jamais eu de jardin, je suis quand même propriétaire d'un géranium, maintenant ; ça compte.) Et puis, je m'en fous, j'aime bien ces soirées, même si je sais que ça durera pas. J'ai jamais vraiment eu de copines : j'ai toujours eu, au mieux, des partenaires, au pire, des rivales. Là, je sais bien qu'elles seront jamais ni l'une ni l'autre, et c'est quelque chose de nouveau pour moi. Un peu comme quand j'ai expérimenté le lissage brésilien pour la première fois. Trop cool.

Je vous l'ai dit, il se passe des trucs complètement ouf en ce moment. Ça doit être le printemps, je ne vois pas d'autre explication.

Damien et Hugo

« Ça va toujours, Fils ?

— Yep.

— Raconte.

— RAS. Gabriel s'est cogné la tête sur la table basse en jouant à Hippos Gloutons. Mum a mis un pansement. Et puis Antoine aussi a voulu un pansement, alors Mum a dit ok. Ensuite, ils ont dit qu'il fallait que j'en ai un aussi.

— Lol. Et alors ?

— Ben j'ai mis un sparadrap sur le front pour leur faire plaiz, mais j'ai prévenu, je sors pas comme ça, pour les courses, je l'enlève. Déjà que le masque, c'est grave pas pumping, pas envie de passer pour un schlag dans la rue. Avant que tu t'excites, schlag, c'est un gros débile.

— J'avais deviné. Rapport à ta Street cred ?

— TMTC !

— Je deviens trop fort ! J'ambitionne de parler couramment le d'jeuns avant la fin de ce confinement. Et maman va bien ?

— Elle a refait du pain.

— Et alors ? Mieux que l'autre fois, j'espère ?

— Pas trop. Cette fois, elle a mis trop du machin pour faire gonfler, je pense.

— De la levure ?

— Yep. Du coup, ça a monté de ouf dans le four, ça a fait une sorte de petite montgolfière, mais à l'intérieur, c'est tout vide et creux.

— Aïe. Mangeable ?

— J'ai proposé qu'on s'en serve de ballon de foot. Mum a fait sa tête vénère. Ensuite, on l'a coupé en deux. Les jumeaux ont trouvé que ça faisait comme un casque, alors ils ont voulu se le mettre sur la tête. Mum était pas contente. Elle a dit qu'elle ferait plus de pain. Genre ce serait une horrible punition ! Mais mdr !

— Rhooo... vous êtes durs avec elle, ça va lui faire de la peine, vos conneries.

— TKT. Elle est cool, en ce moment. Elle rigole avec ses kopines.

— Bien. Je suis content.

— Hier, elles se sont fait un apéro en mettant leur verre au bout de perches à selfies.

— Lol. Ah oui, quand même ! De vraies gamines. C'est quoi le mot dans ton jargon pour décrire ce genre de comportement ?

— Chais pas. Y a pas, je crois.

— Je suis sûr que ça doit bien exister. Je vais chercher sur Internet, et c'est moi qui vais t'apprendre des trucs.

— Lol. Si tu veux. Biz. »

Jour 16

Esther

Je trouve que je ne m'en sors pas si mal, finalement.

J'ai pris mes marques, j'arrive à gérer mon quotidien de manière autonome. Je navigue tant bien que mal avec ma béquille, même si mon univers se limite aux quelques commerces du quartier, et surtout, le moral est bon.

Le soleil est toujours au rendez-vous, à croire que la nature se moque de nous qui sommes condamnés à la contempler de nos fenêtres. Qu'importe ! Un jour, tout cela prendra fin. Un jour, je remarcherai facilement et je reprendrai les escapades qui me sont si chères. J'irai saluer le printemps dans les endroits que j'adore : au jardin des Tuileries, au parc Monceau, au Luxembourg, etc. Il faut juste que j'attende la fin de cet horrible confinement, le retour du kiné et la reprise de ma rééducation.

C'est ce que j'expliquais à mes petites voisines, hier soir, sur nos balcons. Céline était comme moi, partisane de la patience.

> « C'est comme pour le jardinage, disait-elle en trempant ses lèvres dans le vin blanc frais. Il ne faut pas presser les choses. Esther, vous allez remarcher sans aide. »

Comme souvent, Manava n'était pas de cet avis :

> « Nan, mais c'est bon, là, vous n'allez pas attendre que l'autre ouf de kiné, il se décide à revenir. Sérieux : vous vous rendez compte le temps perdu juste parce que vous ne pouvez pas faire cette putain de rééducation de merde ? »

Pour lui faire plaisir et pour mettre un terme à ce vocabulaire pour le moins ordurier, je lui ai promis que j'allais reprendre mes exercices quotidiens, ce que j'avais un peu négligé de faire depuis quelques temps. Elle a semblé contente et m'a sorti une citation du Dalaï-lama sur la persévérance. Avec Céline, on s'est regardées, perplexes. C'est vrai que, depuis quelque temps, la Petite nous sort des phrases bizarres. Je me demande si ce n'est pas le curieux mélange thé vert la journée et Viognier le soir qui produit d'étranges effets sur elle.

Céline

Je trouve que je ne m'en sors pas si mal, finalement.

J'ai à peu près trouvé un rythme de croisière avec les enfants. Anthony et moi, on organise des Skype une à deux fois par semaine avec les petits. Ça permet de garder un peu le lien, et les jumeaux adorent s'amuser à faire des grimaces devant la webcam.

Hugo est autonome. Je sais que son père et lui s'envoient des messages WhatsApp très régulièrement.

On joue, on fait des dessins, on regarde des dessins animés. L'après-midi, après la sieste, on sort pendant une petite heure avec les petits, pour s'aérer. Ils prennent leurs tricycles, ils font des allers-retours, je les fais un peu courir le long des allées presque désertes. Il y a très peu de monde dans le quartier, alors leurs cris résonnent fort. Plus de bruits de voitures, de klaxons ; on n'entend presque que leur rire et le chant des oiseaux. Je n'arrive pas à décider si c'est triste ou magique.

Hugo passe le plus clair de son temps dans sa chambre, entre ses cours, son ordinateur et son téléphone, mais il est cool : quand j'ai besoin de lui pour aller acheter des trucs ou pour s'occuper une heure des petits, il est toujours là. Le matin, il est censé bosser et réviser ses cours ; je surveille un peu, mais honnêtement, je suis larguée.

Je me lève tôt, je pétris ma pâte à pain, j'émince mes légumes pour le déjeuner, je profite de ce calme, le plus souvent toute seule sur mon balcon. Parfois, Esther qui dort peu et se lève tôt est déjà là aussi. Ensuite apparaît Manava, qui profite de la lumière du matin pour faire ses photos et ses stories.

Hier, elle a tenté une posture de yoga qui s'appelle « Le chien tête en bas à trois pattes », et je me suis bien marrée à la regarder essayer de tenir l'équilibre, tout en déclenchant à distance son appareil photo. À la huitième tentative, comme elle était énervée, rouge et échevelée, Esther lui a fait remarquer qu'elle était de moins en moins crédible en ambassadrice de la zen attitude et qu'elle ferait mieux de faire une pause thé vert.

Personnellement, je pense que son problème d'équilibre vient de tout ce silicone qu'elle s'est fait implanter. Avec des seins et des fesses pareils, le centre de gravité doit forcément être déplacé. Je me suis surprise à imaginer ses prothèses comme des bouées de piscine, avec une valve, et je me suis dit qu'il suffirait de les dégonfler un peu pour que la stabilité soit plus facile. Et puis je me suis mise à rêver d'un monde où nous serions tous gonflables/dégonflables à volonté. En ce qui me concerne, j'aimerais me vider de plein de choses. Je ferais sortir toutes mes pensées, tous mes souvenirs, tout l'air vicié et chargé qui me rend si lourde, et je deviendrais légère comme une plume.

Je parlerai peut-être de ma théorie aux filles, ce soir. Ou pas. Elles vont penser que je suis folle. C'est vrai que je débloque un peu en ce moment. Je me demande si ce n'est pas le mélange cigarettes/Viognier qui produit des effets bizarres sur moi.

Damien et Hugo

« Comment ça va, mon grand ?

— Cc. Ca va.

— Cool. Maman et les jumeaux aussi ?

— Yep. Je voulais te demander un truc.

— Vas-y.

— Sur Internet, ils disent kil y a un traitement pour le virus à Marseille. Et à la TV, ils disent que ça marche pas.

— Qui ça “ils” disent ?

— Ben, chais pas. Les keums qui sont invités à la TV. Mum arrête pas de regarder ça tous les jours, tu sais. C’est des médecins comme toi.

— Non, c’est pas comme moi. Moi, je suis juste un petit généraliste de campagne, tu sais. Je ne passe pas à la télé. Je me contente de soigner des gens, moi.

— Et le traitement, tu le donnes, toi ?

— Euh... je ne pensais pas parler médecine avec toi aujourd’hui. Pourquoi tu me demandes ça ?

— Nan, mais c’est parce kon parle avec les potes, sur des forums de discussion, c’est tout. Et y en a ki disent que c’est des conneries, le traitement, d’autres qui disent que tout ça, c’est pour fourguer un vaccin super cher des labos, toussa. Sur Twitter aussi, y a des mecs ki disent de la merde. Alors bon, moi j’ai un daron qui est médecin : faut bien que ça serve à un truc ☺

— Je suis ravi de servir à un truc. Je vais te dire, c’est compliqué tout ça. Personne n’a de certitudes, on cherche, on est démunis, on essaie. Mais ce qui me rend dingue, c’est quand il y a ces grands pontes qui viennent à la TV tous les jours et qui assènent avec condescendance leurs certitudes et leur jugement péremptoire, alors qu’au fond, personne ne sait rien. Moi, je ne suis qu’un petit médecin généraliste, mais je refuse de voir mourir mes patients en leur demandant de prendre “juste du Doliprane”. Je refuse qu’on me dise “il y a peut-être des molécules qui fonctionnent, mais tu ne peux pas en prescrire pour l’instant.” Alors mes confrères généralistes et moi, qui n’avons jamais mis les pieds dans un studio TV, qui n’avons aucune spécialisation prestigieuse et aucune notoriété, nous qui soignons juste les gens, parfois depuis plusieurs générations, sans trop d'informations, sans trop de moyens, on se bat, pied à pied, sur le terrain. On fait comme on peut. On n'a pas les moyens des grands chercheurs, mais on essaie, on fait le maximum, on se bat, Fils. On se bat.

— Yep. Dur.

— Ouais, c'est dur. On se bat et on perd parfois... À chaque réa, à chaque fois qu'on doit annoncer la fin d'un traitement, à chaque rechute, à chaque deuil, on perd, tu sais. Mais on continue, parce qu'on est en première ligne et qu'on est là pour ça, au fond. On fait ce qu'on peut, avec peu de moyens, mais au moins, on essaie.

— Ok. Du coup, je rakonte quoi à mes potes ?

— Dis-leur ça.

— ? koi ?

— Dis-leur qu'on se bat.

— Yep. Cimer. »

Jour 17

Céline

Ce soir, on a fait un pique-nique et on a parlé d'amour.

C'est Esther qui a eu l'idée, comme souvent. On avait chacune apporté de quoi grignoter. Esther avait refait son fameux gâteau au chocolat, Manava a amené tout son ancien stock de chips et de gâteaux apéritifs salés, autant de produits indésirables depuis qu'elle est passée à un régime sans gluten, sans sucre, sans sel, sans gras (mais elle se fait toujours livrer par Uber Eats ou Deliveroo : en termes de respect du confinement, c'est la plus exemplaire). Et moi, comme d'habitude, j'ai fourni le vin blanc frais.

J'ai aussi envoyé Hugo chercher du fromage et du pain. J'ai raté le mien : il est tout mou à l'extérieur et tout dur dedans. Normalement, c'est le contraire. Je sais bien que nous vivons une période d'inversion des valeurs, mais ça va trop loin, là... Bien sûr, Hugo était trop content d'aller à la boulangerie. De toute façon, c'est toujours lui qui fait les courses, désormais : ça lui fait une respiration, un peu d'oxygène, et il prend aussi quelques bricoles pour Esther, bien que celle-ci s'obstine à sortir quotidiennement.

Mon ado chéri part à chaque fois ganté, masqué, prudent et vigilant, comme Rick Grimes, le personnage principal dans *The Walking Dead*. Quand il revient, on le fête comme notre héros, et je vois bien que, derrière sa petite moue agacée et ses yeux au ciel, il est fier de se rendre utile.

Esther avait aussi amené des petites bougies, et chacune en a disposé sur le rebord de son balcon. C'était très joli. Les jumeaux ont voulu venir voir ce qui se passait : ils sont restés dix minutes, le temps d'admirer les lumières, d'en faire tomber deux et de manquer de se brûler, de s'empiffrer de gâteaux salés et de chips, et puis ils sont rentrés, parce qu'il y avait *Alvinnn et les Chipmuuunks* qui commençait à la TV. Quand tout sera terminé, je ferai livrer des fleurs chez Gulli.

Je ne sais pas qui a lancé la conversation sur l'amour. Peut-être Esther, parce qu'à un moment, elle a raconté que, jusqu'au bout, avec Georges, son défunt mari, ils ont eu deux rituels : un bouquet qu'il allait lui acheter au marché, le samedi matin, et un souper à la lumière des bougies, une fois par mois.

Elle nous a raconté que, même à l'hôpital, malade et mourant, son mari avait soudoyé une aide-soignante pour qu'elle aille lui chercher un bouquet de tulipes, afin qu'il puisse offrir des fleurs à sa femme le samedi, comme à chaque fois. Et elle, de son coté, en douce, quand elle allait le voir, elle apportait toujours un petit lumignon dans la chambre d'hôpital. C'est quand il n'a plus eu la force de lui offrir des fleurs qu'elle a su que c'était terminé pour son mari.

On a trouvé cette histoire magnifique, et c'est vrai que c'est touchant et que ça fait rêver, cet amour éternel. J'ai imaginé son Georges, fringant jeune homme amoureux, mais fauché, escaladant les grilles d'un jardin public pour lui voler quelques fleurs. Et dans ma tête, je les ai vus tous les deux, vieillissants, ridés, mais continuant à se tenir la main par-dessus la table, lors de leur dîner aux chandelles…

Même Manava, avec ses grands airs, a semblé touchée. Elle a dit que c'était une histoire d'amour encore plus top que celle de Kim Kardashian et de Kanye West. (Je pense que dans son panthéon personnel du romantisme, Kim et Kanye se situent bien au-dessus de Roméo et Juliette.)

Elle nous a fait mourir de rire en nous racontant son « fiancé » à elle. Il s'appelle Jordan. C'est un de ses « collègues » de la téléréalité. (Est-ce qu'on dit « collègue » ?) J'ai l'impression qu'il compte moins à ses yeux que son lisseur à cheveux et que le principal attrait du jeune homme, c'est qu'elle l'a piqué à une rivale. On dirait que, maintenant qu'il n'y a plus de compétition et qu'elle a investi dans un trépied photo, cette romance a du plomb dans l'aile.

Ensuite, les filles ont voulu que, moi aussi, je leur confie un truc sur l'amour. Comme je n'avais pas envie de parler de mes ex-maris, je me suis un peu fait prier, et puis, finalement, j'ai raconté Olivier.

C'était une période d'entre-deux. Plus tout à fait l'enfance, et pas encore tout à fait l'adolescence. Je la situerais vers onze-treize ans. Donc, quelques années après l'histoire avec Éric, la piscine gonflable et les Pépito. C'était un été de colonie de vacances, dans l'un de ces coins entre deux aussi : déjà un peu le sud, mais pas encore la mer.

C'était une époque où, physiquement, rien n'était facile. J'étais, comme on dit pudiquement, assez ingrate. Trop grande pour mon âge, toujours rondouillette, avec un petit ventre, de bonnes cuisses, mais bizarrement, pas de seins, un sourire trop rare et trop timide pour illuminer mon visage piqueté de boutons d'acné et ombré d'un disgracieux duvet sur la lèvre.

La mode était aux filles minces, sophistiquées et à cheveux longs. Toutes voulaient ressembler à Brenda ou Kelly dans *Beverly Hills*. Ma mère, qui ne s'embarrassait guère de considérations capillaires, me coupait elle-même les cheveux. J'avais donc une coupe un peu longue dans la nuque, avec des mèches plus courtes et irrégulières sur le dessus, qui évoquait plutôt Richard Dean Anderson, le héros de *Mac Gyver*.

De manière aussi consternante que prévisible, j'étais fascinée par le plus beau garçon de la colonie. Il s'appelait Olivier et ressemblait un peu à Johnny Depp dans *21 Jump Street*.

Un soir, alors que nous regardions la TV dans la salle commune et que j'avais, comme toujours, trouvé le moyen de me placer juste à côté de lui, négligemment, il m'avait glissé : « Euh… c'est pas que tu sois particulièrement laide, mais là, je vois rien. Tu peux t'pousser un peu, steuplait ? » Cette phrase résonna en moi comme un éblouissement : au fond, « c'est pas que tu sois particulièrement laide », n'était-ce pas, à peu de chose près, une manière de dire qu'il me trouvait jolie ? L'amour est une minuscule braise au milieu d'un tas de brindilles ; il suffit d'un souffle infime pour que le feu s'embrase. Il me trouvait jolie, ou tout du moins « pas particulièrement laide » (peut-être pas au point de l'empêcher de regarder *Platine 45* à la TV, mais tout de même). Mon sort était scellé : j'étais follement amoureuse.

Olivier était un tombeur. Selon la formule consacrée, aucune fille de la colonie ne résistait à son charme. Mais c'était un tombeur organisé et méthodique. À force de l'observer, j'avais remarqué qu'il sortait avec chaque fille, selon un ordre bien précis : il suivait l'ordonnancement des lits disposés dans le dortoir. Rang n° 1 / lit n° 1 (Corinne Thuilier), rang n° 1 / lit n° 2 (Valérie Refalo), rang n° 1 / lit n° 3 (Sandrine Martinez), etc. : peut-être avait-il une vision « communiste » de l'amour, en considérant que chacune devait avoir droit à ses charmes, de manière équitable ?

Il y avait trois rangées de cinq lits, j'étais au dernier rang, le n° 3, et j'occupais le lit n° 2. Je n'étais pas impatiente, j'avais compris que mon heure viendrait et qu'il me suffisait d'attendre. La seule chose que je ne maîtrisais pas était le temps, car mon adoré accordait ses attentions pendant des durées différentes. Par exemple, Céline Marty était sortie avec lui pendant trois jours entiers, alors que Bénédicte Ravier n'avait eu droit qu'à une demi-soirée (ils avaient tous les deux un caractère ombrageux et s'étaient disputés à propos de la fin de *E.T.*). On est optimiste à douze ans, et j'étais certaine que, lorsque ce serait mon tour, il se produirait une sorte de bouleversement qui ferait que je saurais le retenir pour toujours et évincer d'un coup toutes les autres.

J'ai beaucoup aimé cet été et ce chouette temps de l'attente, dans la tranquille certitude du bonheur à venir. La période a juste été assombrie par une idylle un peu plus longue de presque dix jours avec ma copine Laurence Doucet, qui était ma voisine de lit dans la rangée en face de la mienne. Pendant plus d'une semaine, je dus supporter avec stoïcisme de les voir s'embrasser tout le temps. J'étais agacée, morose, mais pas inquiète. Je savais Laurence inconstante et j'avais remarqué que le nouveau moniteur, celui qui ressemblait au chanteur de A-ha, la troublait déjà.

Vint le jour du rang n° 3. La romance avec Estelle Grangeron (lit n° 1) fut brève, car elle portait un appareil dentaire. Dans les jours qui suivirent, j'eus le cœur battant. Hélas, mon promis passa directement de Estelle Grangeron à Sabine Mourrier, ma camarade du lit n° 3. Faisant fi de toute rationalité et de toute méthode, il contourna purement et simplement mon lit ! Je n'en revenais pas. Avait-il fait une erreur d'inattention ? Avait-il changé sa stratégie de conquête au dernier moment pour choisir ses amoureuses de manière aléatoire ?

À la fin de l'été, je dus me rendre à l'évidence : il m'avait délibérément ignorée. De tout le dortoir, et des quinze filles, j'étais la seule qu'il avait ainsi choisi de bouder. Ce fut mon deuxième grand chagrin d'amour. Je ne souffris ni de la déception, ni de la cuisante douleur de l'humiliation. Je souffris de la seule vraie blessure qui soit : celle d'aimer et de ne pas être aimée en retour.

Les années ont passé, je suis retournée à Nîmes pour la feria. Le temps, la puberté et la cire dépilatoire aidant, je n'étais plus ni plate, ni moustachue. Mes cheveux avaient poussé. J'étais devenue une jeune fille à la beauté pulpeuse, mon visage avait gardé la douceur et les rondeurs de l'enfance, mais ma silhouette était bien celle d'une femme. J'étais enfin jolie, et c'est d'un pas triomphant que j'arpentais les rues de la ville, en robe légère, un soir d'été.

Je l'ai croisé dans un bar ; il était toujours aussi beau. Il ne m'a reconnue que parce que j'étais accompagnée de Laurence Doucet (rang n° 2 / lit n° 5) avec qui j'étais restée très amie. Ce soir-là, il a tout fait pour me séduire, y compris me faire cadeau de ses cassettes de Depeche Mode, mais je suis restée distante, moqueuse et inflexible. Je l'ai laissé me raccompagner, et puis je l'ai planté là, en abandonnant Depeche Mode sur le siège avant de sa Renault 5 turbo.

Ça a été ma première grande leçon amoureuse : « Ne mérite pas d'être aimé celui dont l'amour varie. » Pour autant, je n'ai pas vraiment retenu la leçon.

Parfois, je me dis que l'amour, c'est tellement compliqué que je n'y arriverai jamais.

Manava

Ce soir, on a fait un pique-nique et on a parlé d'amour.

Je l'aime beaucoup, mais c'est pas toujours simple de discuter avec Esther, parce qu'elle dit tout un tas de phrases qui n'existent pas. Parfois, elle est flippante. Genre : on se fait passer les chips, et elle dit : « Oh, c'est à la bonne Franquette ! » Euh... sur la boîte, c'est marqué que c'est des Pringles, pas de la Franquette. Après, je lui demande si elle reveut des biscuits apéro, elle me dit : « Pourquoi pas ? Après tout, ça ne mange pas de pain. » Du pain, meuf ! Avec des TUC salés ??

Donc elle a raconté des trucs avec son mari. J'ai pas tout compris son histoire. Genre : elle a dit qu'elle et son keum, quand ils étaient jeunes, ils avaient longtemps « tiré le diable par la queue », et j'ai été un peu choquée qu'une vieille personne parle de cul comme ça. Mais quand elle a raconté les bougies et les fleurs, c'était trop mignon : je crois que j'avais jamais rien entendu de plus joli !

Esther a dit que l'amour, ça ne finissait jamais. Ça m'a fait penser à une de ces vidéos TikTok qu'on regarde en boucle, sauf qu'il en faudrait une de vraiment extra pour qu'on s'en lasse pas et qu'on kiffe toujours. Céline avait les larmes aux yeux, mais je crois aussi que c'est à cause de la deuxième bouteille de vin qu'elle avait décidé d'ouvrir.

Un jour également, dans longtemps, moi aussi, j'espère que je me marierai. Un mariage comme Kim et Kanye, romantique. Mais j'épouserai sûrement pas ce crétin de Jordan. Je voudrais un vrai amoureux, qui m'aime plus que ses tatouages.

En fait, j'ai jamais été amoureuse vraiment, je veux dire, toute seule, sans que la production s'en mêle, sans qu'on m'organise un coup de cœur bidon. Parce que ça, non merci ; la dernière fois, la prod de *L'île de l'amour* nous avait filmés, Jordan et moi, sur la plage à Cancun, main dans la main avec un coucher de soleil. Jordan devait me faire une déclaration, mais comme il est pas très malin et qu'il a une mémoire de poisson rouge, c'était compliqué de lui faire dire un texte un peu long. Il arrêtait pas de s'emmêler les pinceaux, et on a dû refaire la scène plusieurs fois. Il faut savoir aussi que Jordan a un léger accent picard. C'est discret, surtout qu'il fait pas trop de phrases longues, mais ça s'entend vachement bien quand il est en colère ou stressé.

À la huitième prise, il était de plus en plus stressé, et l'effet romantique était de moins en moins évident. Alors la prod nous a demandé de juste marcher main dans la main sur la plage et de nous embrasser. Ils ont dit qu'ils rajouteraient une voix off ensuite. Il y a plus difficile, comme scénario. Mais comme toujours, c'est parti en vrille. On s'est un peu disputés, parce que Jordan voulait être filmé de face, pour qu'on voie bien ses muscles et ses tatouages, et moi, je voulais être de profil, rapport à mes fesses et à mes *boobs*. On a eu beau essayer et faire plein de prises, un baiser avec un partenaire de face et l'autre de profil, ça reste très difficile, même sur fond de coucher de soleil. Finalement, on s'est embrassés de trois quarts, en se faisant la tête. C'est là que je me suis dit que c'était pas un garçon pour moi. Quand je serai plus sous contrat, je le dégagerai, ce bouffon.

Bref, l'amour, ça a l'air compliqué. J'y connais pas grand-chose, mais quand je vois déjà la difficulté à filmer un simple baiser sur une plage, ça me rassure pas.

Il n'empêche que j'aimerais quand même bien vivre une vraie histoire d'amour, comme celle d'Esther et de Georges. Ou encore mieux, comme celle de Kim et Kanye. On filmerait le mariage, on posterait les vidéos sur YouTube et on serait heureux toute notre vie. N'empêche, parfois, je me dis que l'amour, ça a l'air vachement compliqué et que je vais jamais y arriver.

David

Esther m'a raconté que, l'autre soir, avec Mavarna et Céline, elles ont parlé d'amour. Du coup, elle m'a un peu taquiné sur le sujet. Je n'ai pas grand-chose à raconter là-dessus...

Pourtant, grâce à Marion, ma coloc, j'ai l'occasion de rencontrer pas mal de filles. Beaucoup sont en fac de socio, comme elle. Certaines sont très jolies. D'autres me font peur. Toutes sont féministes. Marion dit qu'il ne faut pas dire « féministe », mais « radfem », par opposition à leurs mères et leurs grand-mères, qui étaient aussi des féministes, mais pas comme il faut.

Là encore, j'ai observé, posé des questions à Marion et essayé de faire des fiches spécifiques pour bien comprendre, parce qu'il y a beaucoup de mots nouveaux quand elles parlent. C'est compliqué, parce que Marion est beaucoup moins patiente qu'Esther : elle explique vite, comme si tout était évident, et quand il m'arrive de faire une erreur ou une gaffe, elle me regarde avec horreur, comme si j'avais marché par mégarde sur sa collection de livres sur les sorcières ou ses bijoux en forme de clitoris.

Donc je me débrouille, j'essaie de comprendre les codes. D'après mes observations, la distinction entre les anciennes féministes et les radfem se remarque déjà à l'œil nu : globalement, Marion et ses copines affirment leur singularité en se teignant les cheveux en bleu. Celles qui veulent être encore plus singulières que celles qui sont déjà singulières et qui ont l'esprit de contradiction choisissent plutôt le rose, et celles qui ont l'esprit de synthèse optent pour le violet. J'ai parlé de mes observations à Esther, mais elle a juste pu me dire que, dans son souvenir, Élisabeth Badinter et Simone Veil affirmaient plutôt leur singularité par leurs idées plutôt que par des fantaisies capillaires.

Le reste de la panoplie est assez classique : Marion et ses copines ont des tatouages, des piercings, des t-shirts « Fuck le patriarcat » ou « J'aime ma vulve », fabriqués en Asie par des fillettes qui ne savent même pas que, de l'autre côté de la planète, la libération des femmes passera par l'écriture inclusive et la mise au chômage des hôtesses sur le Tour de France.

Cette dernière remarque n'est pas de moi, bien sûr : c'est un trait d'humour que j'ai entendu une fois chez un patient et que j'ai raconté ensuite à Marion, pour la faire sourire. Celle-ci a pris un air dégoûté et m'a dit que ce type était sûrement un sale « mascu » ou un « bitard ». Je lui ai répondu qu'il était chauffagiste, qu'il était très propre et qu'il se remettait doucement d'une déchirure des ligaments croisés. Marion a répondu « Ah, tu vois... », et la discussion a été close. Dans le doute, j'ai noté cette blague dans une liste spéciale « Humour de chauffagiste » ; ça peut toujours servir.

Dans la liste des copines de Marion, il y en a une qui me plaît beaucoup, et Esther a voulu que je lui raconte. Elle s'appelle Aïssa. C'est une métisse aux cheveux rasés, avec des piercings dans le nez, les oreilles et sur la langue, des grands yeux en amandes et un regard sombre, qui me fait me sentir tout bizarre. (Le regard d'Aïssa, c'est un regard non répertorié dans mes listes, un regard tellement profond que j'ai voulu faire une liste juste pour lui, juste pour en capter et répertorier toutes les nuances, mais à chaque fois, j'écris toujours le même mot : beau.)

La première fois que je l'ai rencontrée, je n'ai pas réussi à détacher mes yeux d'elle, hypnotisé que j'étais par la vision de ses piercings, de sa nuque fine et de son crâne lisse ; c'était pendant une période de manifestation, je crois. Les amis de Marion venaient tous les soirs préparer des banderoles et des tracts. Il y avait une majorité de filles, mais aussi quelques mecs. La plupart étaient étudiants, quelques-uns étaient artistes. J'étais le seul à ne pas m'être libéré du joug de l'oppression systémique mondialiste-capitaliste ; autrement dit, j'étais le seul à avoir un boulot. J'étais toléré dans le groupe, en tant que colocataire et parce que je donnais bien volontiers un coup de main pour peindre des pancartes ou aller chercher des bières.

Depuis longtemps, j'avais pris l'habitude de peu me mêler aux conversations, car la plupart du temps, je commettais un impair, et Marion me foudroyait du regard. Comme cette fois où j'avais voulu détendre l'atmosphère et où j'avais demandé au seul invité masculin de la soirée s'il était O.K. pour descendre chercher des pizzas avec moi. J'avais rajouté « entre mecs », et le silence qui s'était installé ensuite avait été glacial. Le gars m'avait toisé et répondu sèchement qu'il n'était pas « un mec ». Exactement le genre de réponse qui me fait bugger. Marion m'avait alors expliqué que ça ne se faisait pas de « mégenrer les gens ».

« “Mélanger”, tu veux dire, avais-je répondu.

— Non, “mégenrer” : se tromper sur leur genre.

— Sur leur genre de quoi ? »

À la tête consternée de l'assistance, j'avais bien vu que j'étais en train de passer pour un gros nul. Alors j'avais tenté de me rattraper en disant au type le plus gentiment possible (regard n° 2 et sourire n° 4) :

« Euh... désolé, je ne savais pas que tu étais une fille. Encore pardon pour ma méprise. »

J'avais ajouté d'un air désinvolte (regard n° 7) que je me considérais comme assez ouvert d'esprit, ayant déjà côtoyé des transsexuels dans mon métier d'aide-soignant et que cela ne me posait aucun problème. Ça n'avait rien arrangé du tout. Au contraire.

D'un air de plus en plus exaspéré, Marion m'avait dit qu'il ne fallait pas confondre le sexe et le genre des gens, et qu'on n'était pas obligé de se conformer aux stéréotypes, de toute façon. Le type avait dit qu'il était « non binaire » et qu'il ne s'identifiait à aucun genre. Là-dessus, il m'avait tourné le dos. Je m'étais senti un peu honteux de mon ignorance, alors j'étais descendu acheter les pizzas tout seul.

Quand j'étais remonté, on m'avait déjà oublié, et tout le monde s'indignait d'avoir lu sur Twitter un médecin médiatisé mettre en doute la parole d'un homme affirmant souffrir de règles douloureuses. Le type non binaire avait dit qu'il ressentait parfois ses ovaires et que, dans ces périodes, il s'identifiait à une femme en syndrome prémenstruel. Tout le monde était tombé d'accord sur le fait que le médecin était transphobe pour affirmer que seules les femmes avaient des règles. Et puis un autre type avait dit que, de toute façon, il ne fallait plus parler de « femme », mais de « personne qui menstrue ». J'avais eu peur de gaffer à nouveau en donnant mon avis, alors j'avais posé les pizzas sur la table et m'étais abstenu d'intervenir. Je m'étais contenté d'écouter et de rédiger mentalement les nombreuses fiches qui ne manqueraient pas d'être indispensables à ma culture générale.

Échaudé par cette expérience, le premier soir où j'ai donc vu Aïssa, entourée de ses amis militants, je suis resté silencieux. D'ailleurs, même si je l'avais voulu, je crois que je n'aurais pas été capable d'articuler un mot. J'ai pensé à elle toute la nuit et les autres jours aussi. Je la trouve tellement belle et fascinante que je me contenterais volontiers de la regarder marcher, rire, manger, dormir, s'habiller, lire pour le reste de mes jours. La voir vivre suffirait à mon bonheur, si seulement elle s'apercevait que j'existe.

Esther m'a écouté attentivement, puis elle a dit d'un air malicieux : « Oh oh, eh bien, je crois que nous pouvons dire que vous êtes amoureux, mon petit David. »

Je lui ai raconté mes craintes concernant les codes du milieu dans lequel évoluent Marion, Aïssa et leurs amis. Sur les thèmes de la non-binarité, des personnes qui s'identifient à des genres différents, des cisgenres et des « personnes à vulve ». Esther, perplexe, a rapidement reconnu son manque de connaissances et s'est déclarée non compétente pour m'aider à rédiger mes fiches sur ces sujets.

En revanche, en ce qui concerne l'amour et la séduction, elle est plus à l'aise : « Tout d'abord, mon petit David, au vu de ce que vous venez de me raconter, je vous conseillerai de vérifier auprès de votre colocataire Marion si le genre de votre bien-aimée est bien en accord avec l'enveloppe corporelle créée par Dame Nature. Ensuite, a-t-elle poursuivi joyeusement, il sera temps de rendre hommage à ladite enveloppe corporelle. »

Devant mon incompréhension, Esther a simplement reformulé : « La prochaine fois que vous verrez cette jeune fille, mon petit David, faites-lui un gentil compliment. Dites-lui à quel point vous la trouvez jolie, tout simplement. »

J'espère qu'elle a raison quand elle affirme que l'amour, ce n'est pas compliqué et que je vais finir par y arriver.

Damien et Hugo

« Dis-moi un truc qui va me détendre, Fils, je suis crevé, j'ai besoin de décompresser.

— Mum arrête le pain. Elle fait de la pâtisserie, maintenant. Ce matin, elle a fait un gâteau.

— Parfait. Je veux tout savoir. À quoi ?

— Chocolat et haricots rouges. Un truc kelle a trouvé sur un site de cuisine mexicaine.

— Pourquoi elle s'intéresse à la cuisine mexicaine, ta mère ?

— Chais pas. Elle a dit qu'elle a repensé aux Pépito qu'elle mangeait petite et que c'est une “association d'idées”.

— Et ça ressemble à quoi ?

— Un truc rond, foncé, avec un trou au milieu.

— Un pneu ?

— Yep. En pire.

— Ouh là ! Vous l'avez mangé ?

— Nan, on est pas des boloss. Avec les jumeaux, on a mis au point un truc, quand elle bosse dans sa chambre ou quand elle va sur le balcon avec ses copines, on éparpille un peu des miettes pour faire genre on a tout mangé et puis on fout le truc à la poubelle, en soumsoum.

— Rhooo... elle ne voit rien ?

— Nan, je descends la poubelle et ça passe crème.

— Trop fort, Fils. Tu me fais rire, merci. J'en avais besoin.

— Si tu veux, la prochaine fois, je t'envoie des photos : c'est encore plus drôle. »

Jour 18

David

Ce matin, le temps est incertain, essentiellement à cause de quelques nuages qui semblent hésiter à rester ou à disparaître.

J'ai appliqué le conseil que m'avait donné Esther et essayé de faire un gentil compliment à Aïssa. Hier soir, ma belle rebelle a bravé les consignes et les interdictions pour venir voir Marion. Ensemble, elles ont rédigé un manifeste intersectionnel, révolutionnaire et inclusif pour « décoloniser le confinement ».

Émerveillé, j'ai écouté Aïssa parler de « prêter l'oreille à la transversalité des récits de confinement », de « discriminations dans les hôpitaux vis-à-vis des populations minorées et postcoloniales » et de la « décolonisation qui vise à l'émancipation sociale, nécessaire à une urgente transformation du monde post-Covid ».

Court-vêtue dans une robe légère et colorée qui mettait en valeur sa peau sombre et sa silhouette fine, elle m'est apparue tellement sublime que la regarder était à la fois délicieux et douloureux. J'avais le cœur battant et le ventre noué. J'ai profité d'un moment où je leur apportais à toutes deux des bières fraîches : tout surpris de mon audace, je lui ai glissé que cette robe à fleurs lui allait très bien. Elle m'a regardé avec surprise, a haussé les épaules et m'a répondu avec un dédain non dissimulé qu'elle « n'avait pas besoin qu'un mâle blanc valide sa tenue. »

J'ai parlé à Esther de cette réaction, et celle-ci s'est montrée déçue et très surprise par l'emploi de l'expression « mâle blanc ». « Même à une époque progressiste et toujours surprenante comme la nôtre, a-t-elle dit, une expression douteuse reste une expression douteuse. »

J'ai suggéré de répondre à Aïssa sur le même registre et de lui dire qu'elle était une magnifique « femelle noire » qui faisait battre mon cœur, mais Esther a émis les plus vives réserves sur le capital séduction de cette réponse. Nous sommes donc tombés d'accord tous les deux sur le fait que ce registre sémantique animal/racial était à classer dans la liste des choses bizarres à manipuler avec précaution.

Esther ne s'est pas avouée vaincue pour autant : « Nous allons y arriver. Derrière les nuages, mon petit David, il y a toujours un ciel bleu qui ne demande qu'à apparaître. »

Céline

Ce matin, le temps était incertain, essentiellement à cause de quelques nuages qui semblaient hésiter à rester ou à disparaître.

Esther avait l'air préoccupée, et Manava n'arrêtait pas de l'asticoter. Chacune sur son balcon, la Petite en minishort, les jambes posées sur la rambarde pour optimiser son bronzage ; Esther, très droite sur sa chaise, sa béquille posée le long de sa petite table en fer, les mains à plat sur les genoux, les yeux dans le vague.

« C'est quand même ouf que vous n'ayez pas plus souvent des nouvelles de vos enfants et petits-enfants, Esther ! Ils sont chelous ou quoi ?

— C'est ainsi, ma petite Manava, c'est la vie. Mes enfants vivent loin, en Australie et au Canada ; je les vois très peu. Les jeunes de maintenant n'aiment pas écrire, je comprends. En tout cas, mes petits-enfants ne sont pas des littéraires, comme presque tous les jeunes de nos jours. Je sais que Béatrice échange quasiment tous les jours sur son ordinateur avec son amie d'enfance Nahéma : elles s'envoient des e-mails. Je me demande bien ce qu'elles peuvent se raconter. Moi, les mails sur mon téléphone, je n'y verrais rien du tout, de toute façon, et à mon âge, je ne veux pas d'ordinateur. Mes enfants m'en ont déjà proposé un, mais j'ai refusé. Quant au téléphone, je trouve ça tellement triste de parler dans le vide, surtout avec des gens au bout du monde qu'on ne peut pas voir. Les sourires, le regard, c'est quand même important, non ? Ce n'est pas si grave, ça ne nous empêche pas de penser les uns aux autres...

— Ouais, mais quand même, c'est trop abuser. Vous pouvez pas faire des Skype ? Ou des FaceTime ? »

À la mine contrariée d'Esther et au « non » glacial qui a fusé ensuite, n'importe qui aurait stoppé la conversation et changé de sujet. Mais c'était sans compter sur l'obstination de Manava :

« Mais pourquoi ? C'est quoi le problème, Esther ?

— Il n'y a pas de problème : ces choses-là ne marchent jamais, c'est tout.

— Mais n'importe quoi ! C'est impossible que ça marche pas ! Ça marche toujours, ces trucs, j'en fais tout le temps, moi : c'est ma *life* !!!

— Eh bien, peut-être pour vous, mais pas pour tout le monde, figurez-vous.

— Attendez... Oh putain, Esther, j'hallucine ! Vous savez pas faire, c'est ça ? Vous m'avez dit l'autre jour que vous aviez un smartphone, mais que vous saviez pas bien vous en servir. Mais il fallait me le dire, je vais vous arranger ça, moi : je suis *The Queen* du numérique, moi ! »

Cette découverte a suscité une certaine effervescence sur les balcons de mes voisines. Manava a insisté pour qu'Esther lui fasse passer son téléphone portable à travers la herse. Ça été toute une histoire, parce que la vieille dame était un peu en panique : elle ne se souvenait même plus de son mot de passe ! Enfin, plus exactement, elle se rappelait bien l'avoir noté sur un carnet, mais impossible de remettre la main sur le carnet en question.

Ça n'a pas découragé Manava, qui s'est mis en tête d'essayer toutes les dates de naissances des membres de la famille d'Esther. Comme souvent chez les personnes âgées, notre vieille amie avait parfois du mal à se souvenir de ce qu'elle avait mangé au déjeuner, mais en revanche, elle se souvenait parfaitement jusqu'aux jours de naissance de ses arrière-grands-tantes.

Après plusieurs essais infructueux, c'est moi qui ai eu l'idée de suggérer la date de son mariage. Et là, bingo, quand

Manava a tapé 150560, l'écran d'accueil du téléphone est enfin apparu. Ensuite, je dois reconnaître qu'elle a géré la situation comme une pro : elle a commencé par montrer à la vieille dame comment verrouiller et déverrouiller son téléphone avec son empreinte digitale, ce qui solutionnerait définitivement les problèmes de trous de mémoire.

Le reste de la matinée, elle a paramétré, installé des applications, créé des comptes, et ensuite, patiemment, elle a montré à Esther comment s'en servir. Celle-ci écoutait avec attention, en hochant la tête. Rien n'est plus délicat que d'initier une vieille dame de quatre-vingt-six ans aux subtilités de la communication virtuelle. Je dois dire que Manava s'est montrée incroyablement pédagogue, d'une infinie patience et d'une grande douceur. Je les ai regardées, chacune de leur côté de la balustrade, sagement éloignées du mètre réglementaire, mais pourtant tellement proches. À la fin de l'opération, Manava a dit :

> « Voilà, c'est bon, tous les numéros sont enregistrés. On appelle qui en premier ? Votre fils ou votre fille ? »

Là, Esther a recommencé à paniquer et à s'agiter sur sa chaise, de son côté de la balustrade.

> « Oh non, mais je ne veux pas les déranger. Non non, ils doivent être occupés. Je le ferai une autre fois. »

Trop tard ! La jeune fille avait composé un numéro en riant. La sonnerie a retenti longuement, avant que, finalement, un visage ensommeillé n'apparaisse sur l'écran. Visiblement, le décalage horaire n'est pas pour Manava une raison suffisante pour remettre ses projets au lendemain. « Quittez pas ! », a-t-elle lancé en tendant le téléphone à Esther à travers la herse et les plantes vertes.

Il y a eu un moment de flottement, parce que le téléphone est tombé dans les plantes, qu'ensuite, la vieille dame qui ne se trouvait pas présentable a voulu arranger ses cheveux et que le téléphone s'est retrouvé sur ses genoux, à filmer sa jupe en gros plan. Et puis, finalement, le dialogue s'est engagé :

« Maman ? Maman, c'est toi ?

— Oui, ma chérie, c'est moi ! Oh, je te vois. C'est merveilleux !

— Maman, mais… je croyais que tu refusais de te servir de ton téléphone et des appels vidéo. Oh, comme je suis contente de te voir, ma petite maman ! »

Ça a été un joli moment. Je ne sais pas si l'image était de bonne qualité, parce que les mains de notre vieille amie tremblaient d'émotion. Par discrétion et par pudeur, j'ai fait signe à Manava qu'il serait mieux de rentrer chacune chez nous, afin de laisser Esther et sa fille profiter de ce tendre moment d'intimité. Mais la discrétion et la pudeur sont des concepts totalement étrangers à Manava. J'aurais dû le savoir ! Elle est donc restée sur son balcon, afin de célébrer son succès, en improvisant une petite danse de la joie immortalisée dans une vidéo.

Peut-être va-t-elle raconter cette séquence sur sa story Instagram ou sur son fil d'actualité Twitter ? Je lui proposerais volontiers un hashtag #VraieGentille. Moi, je suis rentrée, le sourire aux lèvres, bien décidée à régaler une seconde fois ma tribu en leur refaisant l'innovant gâteau mexicain d'hier, qui a disparu en un clin d'œil.

Esther a raison quand elle dit que derrière les nuages, il y a toujours un ciel bleu qui ne demande qu'à apparaître.

Damien et Hugo

« Quoi de neuf, Fils ?

— Ri1. Je joue à Devil May Cry 5. Cé pas mal.

— Tu aides toujours maman ?

— Yep. J'ai fait les courses aujourd'hui.

— Cool. Ça se passe bien ?

— Y a du monde de ouf, on fait la queue à la supérette, on dirait l'Apple Store pour la sortie de l'iPhone X. Sauf qu'on achète du PQ et des légumes.

— Bravo, Fils, je suis fier de toi : t'es un vrai thug.

— Lol, tu l'as bien retenu ce mot, dis donc !

— Oui, j'avoue qu'il me plaît bien.

— Abuse pas quand même...

— T'inquiète, j'ai de la marge. N'empêche que si je me mets à parler comme ça à mes patients "Madame, vous êtes malade, mais je n'ai rien le droit de vous prescrire sans risquer les foudres du conseil de l'ordre, ceci dit OSEF, on a du Doliprane", tu crois qu'ils vont trouver ça cool et me prendre pour un thug ?

— Nan. Un boloss. »

Jour 21

Esther

Ça ne peut pas être bien tous les jours. Ce serait trop simple.

Aujourd'hui est un jour un peu maussade, à l'image du temps, qui est subitement devenu gris. Même David avait l'air un peu morose, ce qui ne lui ressemble pas. Son histoire avec la jeune Aïssa semblait au point mort, depuis la malheureuse affaire du « mâle blanc ». Puisqu'un gentil et innocent compliment n'avait pas l'air de plaire à la jeune fille, je lui ai suggéré de passer aux choses sérieuses.

> « Je ne connais aucune femme qui ne soit pas sensible à la poésie, mon petit David. Aucune. Tenez, lisez ça à tête reposée et choisissez un ou deux extraits qui vous parlent, qui touchent votre cœur et qui vous évoquent les sentiments que vous nourrissez pour cette jeune fille. »

Je lui ai tendu une anthologie de la poésie amoureuse. Il a eu l'air perplexe, mais a tout de même pris le livre de ses mains gantées et l'a soigneusement emballé dans une poche en plastique, avant de le déposer dans sa mallette. Ensuite, il m'a fait remarquer que mes progrès lui paraissaient trop lents et que je ne sollicitais pas assez mes muscles. C'est vrai que j'ai toujours du mal à me déplacer et que j'avance très lentement avec ma béquille. J'ai l'impression que ma jambe ne se rétablit pas comme il faudrait.

Venant d'un autre que lui, j'aurais peut-être un peu mal pris ses réprimandes, mais je sais qu'il parle parfois de manière un peu brutale et qu'il ne faut pas y prêter attention. De mon temps, on disait juste d'un homme qu'il était un peu bourru ou, dans le pire des cas, on parlait d'un goujat. Aujourd'hui, on emploie un autre mot. David me l'a expliqué : c'est en lien avec les asperges, et ça signifie qu'il ne faut pas se formaliser de sa manière de communiquer peu académique.

Moi, de mon côté, je l'aide, je lui explique plusieurs éléments en lien avec la diplomatie, même si je doute fort qu'il en perçoive toute l'utilité, mais la plupart du temps, il fait des efforts louables pour nuancer ses propos. Parfois, il lance une énormité, et ensuite, confus, il essaie de l'atténuer en employant une expression qui modère sa pensée. Ça donne un tour assez étrange à sa communication, mais on s'y habitue très bien, pour peu que l'on soit accommodant et que l'on fasse abstraction de ses mimiques et de ses regards étonnants.

> « Ça ne va pas, Esther : vous remarchez toujours difficilement et ne semblez pas progresser. À votre âge, il ne faut pas se laisser aller, parce que vous êtes vieille. Enfin, pas tout à fait vieille, mais vous ne remarcherez pas si vous ne faites pas vos exercices. Le kiné avait dit qu'il fallait absolument faire des pliés/dépliés et des montées de jambes tous les jours. Vous les faites ? Non,

ça m'étonnerait. C'est pas grave d'être vieille, mais il faut faire ses exercices. Enfin, si, c'est grave, mais vous n'êtes qu'un peu vieille. »

À ce stade de la conversation, je vois bien qu'il panique un peu, parce qu'il roule des grands yeux, qu'il fronce les sourcils et qu'à travers son masque, il semble sourire en alternance. Je pense que la partie honnête et « sans filtre » de son cerveau lui souffle une phrase, tandis que la partie plus « civilisée » lui suggère que l'emploi du mot « vieille » n'est pas approprié. Afin de mettre court à son duel cornélien, je reprends la parole :

« Écoutez, mon petit David, vous êtes bien gentil, et je comprends très bien ce que vous voulez dire, mais toute seule, sans aide, sans personne, c'est très difficile. Je sais que ce n'est pas bien, mais je n'arrive pas à me motiver : je fais les mouvements trois ou quatre fois, et puis j'abandonne. J'ai un peu honte, et en même temps, je suis une vieille dame, pas un athlète qui prépare les Jeux olympiques.

— Ce qu'il vous faut, Esther, c'est juste un suivi quotidien, du soutien, des encouragements pour persévérer, parce que vous êtes vieille et qu'il faut faire les exercices. Enfin, pas vraiment vieille, mais c'est important. »

Bien que son visage soit toujours animé d'étranges grimaces, je sens qu'il veut vraiment que je prenne sa demande au sérieux.

« Attendez, Esther, vous m'avez raconté que vous vous étiez rapprochée de vos voisines depuis le confinement. Vous ne pourriez pas leur demander de vous aider à faire vos exercices ? »

Devant sa mine sérieuse et son insistance, j'ai réfléchi à voix haute. Hors de question de déranger Céline, qui est déjà assez occupée avec ses enfants. À la rigueur, la plus à même de tenir ce rôle pourrait être la Petite, qui fait déjà de la gymnastique sur son balcon tous les jours. Mais je m'imagine mal l'ennuyer avec ça...

Il n'en fallait pas plus pour intéresser David. Il s'est levé d'un bond, comme un chien de chasse, qui viendrait de flairer une piste : « Super ! Je vais la voir, cette Mavara. »

Voilà où j'en suis. La poursuite de ma rééducation repose entre les mains d'une jeune fille de vingt ans qui a certainement d'autres choses en tête que de surveiller les progrès d'une vieille dame maladroite. J'ai beau être d'un naturel optimiste, je me suis sentie envahie d'une vague de perplexité.

Est-ce que, vraiment, tout est en train de devenir étrange dans ce confinement ?

Manava

Ça peut pas être cool tous les jours. Ce serait trop simple.

Déjà, j'ai perdu environ une centaine de followers sur Instagram et pareil sur Tweeter. Je vois pas ce qui a pu se passer. Ça peut tout de même pas être des victimes du coronavirus : je l'ai déjà dit, j'ai pas de fans dans les vieux. Mais ça m'a contrariée.

Ensuite, j'ai vu que cette salope de Trishia a commencé à faire comme moi. Voilà qu'elle se prend pour un gourou New Age : elle a fait une vidéo YouTube sur les bienfaits de la méditation. La MÉ DI TA TION ! Sérieux. La dernière fois qu'elle a médité, c'était à Sephora pour choisir la couleur de son vernis à ongle. En plus, elle a changé sa photo de profil ; la précédente me faisait pourtant mourir de rire, parce qu'elle avait marqué « Restons confits. » C'est vrai qu'avec sa bouche de canard, c'était parfait…

Donc tout ça pour dire que je suis d'assez mauvaise humeur. En plus, il fait gris, et avec ce temps, je peux pas faire mes photos en extérieur : la lumière est pourrie. Pour me consoler, je me suis commandé un poke bowl quinoa chez Uber Eats. J'ai pris aussi un double cheeseburger, parce que quand je suis comme ça, j'ai trop faim. Tant pis pour le gluten et le gras ! Je me suis dit qu'au moins, je pourrai mater le petit cul du livreur canon.

Manque de bol, quand la sonnette a retenti et que je me suis précipité pour ouvrir, au lieu du beau gosse habituel, y avait un mec pas très grand, pas très beau, qui se tenait à un bon mètre de distance. Il se dandinait comme un débile, avec son masque jetable sous le menton, son sweat-shirt Quechua, son pantalon en velours et des pompes de plouc. Je crois que j'avais pas vu un mec aussi mal sapé depuis que j'ai quitté le lycée : exactement le genre de type qui fait des trucs de naze, genre du sport en plein air ou du camping. Non, plutôt un putain d'agriculteur. Du genre à tourner dans *L'amour est dans le pré*. J'ai tout de suite vu qu'il avait pas ma commande de bouffe, et ça m'a encore plus énervée :

> « Y a plus de poke bowl quinoa ? Et le burger, alors ? Vous auriez pu me prévenir ! »

Le mec m'a regardé avec des yeux de poisson mort et un sourire idiot, comme si on allait faire un feu de camp ensemble, et il m'a répondu très vite, d'une traite, sans respirer :

« Bonjour. Je suis David, l'aide-soignant qui s'occupe de votre voisine Esther. »

Au début, j'ai pensé qu'il cherchait à m'embrouiller, parce que je sais très bien qu'Esther est pas du genre à commander à manger chez Uber Eats. Elle est plutôt du style à se faire des trucs de vieux, avec des légumes, du jambon et des œufs, et à mettre le couvert et une nappe pour manger à table. Alors j'ai juste croisé les bras et attendu qu'il continue.

« Voilà, euh... comme je vous le disais, c'est moi qui suis en charge d'aider Esther et, avec le confinement, je ne peux plus venir tous les jours pour m'occuper d'elle. Elle est vieille, mais c'est pas grave, elle se débrouille, mais elle doit faire sa gym et elle la fait pas, pas parce qu'elle est vieille, mais parce qu'elle est toute seule à cause du kiné qui ne vient plus. Pas parce qu'elle est vieille, mais à cause du virus. Alors je me suis dit que vous pourriez l'aider, à distance, bien sûr, sans aller chez elle, mais en restant sur votre balcon.

Il a poursuivi de plus en plus vite :

Il paraît que vous êtes sportive. Je me suis dit que vous pourriez l'entraîner, l'encourager à faire ses exercices tous les jours. C'est important, la régularité, vous savez, parce qu'elle est vieille et qu'elle doit remarcher. Enfin, elle n'est pas vraiment vieille, mais elle doit remarcher. »

J'ai cru que le mec se foutait de moi, surtout qu'il avait vraiment une tête bizarre, avec un regard bizarre et un sourire flippant. Exactement comme dans les films, le genre de psychopathe qui vous découpe en morceaux et qui vous bouffe ensuite, avec des baguettes et de la sauce chili en écoutant de l'opéra. (Cette idée m'a fait repenser à ma commande

Uber Eats, et je me suis souvenue que j'avais grave faim.) Ensuite, j'ai pensé que tout ça, c'était peut-être une sorte de caméra cachée, une surprise faite par la production de *L'île de l'amour*, mais non, la vérité, c'est bien que ce putain de psychopathe-campeur :

1) m'apportait pas du tout mon poke bowl ni mon burger ;

2) me prenait vraiment pour une conne de prof de gym, du genre qui porte un survêtement et un sac banane.

Ensuite, il a continué, avec sa drôle de manière de parler, sans s'arrêter. Avec son regard de serial killer, il a dit que c'était tout simple, que je devais juste m'assurer qu'elle fasse bien ses mouvements tous les jours. Pour me montrer le truc, il s'est assis sur une marche de l'escalier et il a bougé sa jambe en m'expliquant que je devais juste compter les séries : vingt pliés/dépliés et vingt montées de jambe par jour.

Et là, tout à coup, j'ai eu comme une révélation, un peu comme quand Kim Kardashian a décidé de lancer sa première téléréalité, en 2007. J'ai dit : « En fait, je pourrais être une sorte de coach fitness. »

Une coach, c'est tout à fait dans mes cordes, ça, surtout depuis que mes prothèses de fesses ne me font plus souffrir. En m'y prenant correctement, je pourrais sans doute faire des vidéos de remise en forme, avec un programme à suivre, des abonnements, etc. Et puis, entre nous, j'en ai un peu marre des bougies, des citations inspirantes et d'ouvrir mes chakras. J'imagine trop la tronche de cette salope de Trishia, dans son F2 de Niort, coincée entre sa mère et son caniche beige, quand elle découvrira mon nouveau concept.

Alors j'ai dit O.K., le débile a sorti de son sac un nouveau masque jetable et il est reparti, tout content, avec sa dégaine de campeur, son regard de tueur en série et son grand sourire idiot jusqu'aux oreilles. Il est RE PAR TI. Le mec m'a même pas demandé quand j'allais faire la saison 4 de *L'île de l'amour* ou bien une photo dédicacée. Il a pas louché sur mes *boobs* et a même pas attendu que je me retourne pour mater mes fesses. J'hallucine !

Est-ce que, vraiment, tout est en train de devenir complètement ouf dans ce putain de confinement ?

Damien et Hugo

« Alors ? Quoi de neuf ?

— J'en suis au niveau 8 de Devil May Cry 5 et Mum s'est remise à faire du pain. Elle fait du pain de mie, maintenant.

— Ah ah, et alors ? C'est mieux ?

— Ça dépend l'usage. Pour manger, c'est pas terrible. Visuellement et comme consistance, ça fait un peu penser à une éponge...

— Ah, j'espère que c'est meilleur au goût.

— Pareil.

— Pas de chance. Et ton emploi du temps ? Ça se passe comment ?

— Ça va. Je bosse un peu aujourd'hui. Je joue pas, promis.

— Très bien. T'es AFK !

— ? J'suis quoi ?

— AFK = Away from Keyboard. Loin du clavier, quoi. Tu ne connais pas ? C'est Théo qui m'a appris ça. Lui aussi, c'est un gamer. Enfin... en temps normal, quand il n'est pas occupé à bosser quatorze heures par jour pour lutter contre cette saleté de virus.

— Personne emploie cette expression.

— Ben si... Théo et ses potes, par exemple.

— Boloss.

— Ok, si tu veux. Donc, tu fais quoi, aujourd'hui ?

— Je révise. J'ai un devoir de chimie.

— C'est sur quoi ?

— "Constitution et transformation de la matière".

— Et alors ? Ça t'inspire ?

— Bof.

— En constitution et transformation de la matière, tu peux toujours leur parler du pain de mie de ta mère !

— Ptdr. »

Jour 22

Manava

Quand je pense qu'il y a des meufs qui trouvent que ça passe lentement, en ce moment, moi, j'vous jure que je suis 100 % speed.

D'abord, le trip « grande prêtresse New Age écolo des réseaux sociaux », ça me prend grave plus de temps que quand je donnais des conseils beauté et make-up. Rien que pour trouver des citations inspirantes, ça me demande des plombes !

Ce matin, j'ai posté « Love is a flower you've got to let grow » avec une vue des géraniums d'Esther : c'était pas mal. C'est une phrase de John Lennon : ça dit que l'amour, c'est une fleur, et qu'il faut la laisser pousser. Je sais pas qui c'est, le keum, sûrement un philosophe anglais, et ça tombe bien : il faut que je m'internationalise un peu.

J'ai laissé tomber mon projet de faire des photos avec le chat de Céline : la bestiole a les poils qui sont en train de virer au vert, sûrement un effet du confinement. En tout cas, c'est trop pas photogénique.

Le truc qui me console, c'est quand je pense à cette salope de Trishia qui doit encore plus galérer que moi, avec son caniche orange et son décor tout moisi. En plus, quand on regarde ce qu'elle poste, on voit bien qu'elle commence à avoir un sérieux problème de racines de cheveux. Le « blond blanc bébé » commence salement à tirer sur le châtain marron pisseux, et ça, ça me fait trop kiffer.

Moi, de mon côté, capillairement parlant, je gère à peu près : je suis naturellement brune, alors même si je fais du noir corbeau d'habitude, ça limite quand même les dégâts. Il suffit que je choisisse avec soin l'angle de mes photos, de manière à ce que la lumière ne mette pas trop en évidence les démarcations. Ça aussi, ça me prend un temps de ouf !

Je réfléchis beaucoup aussi. Je bosse sur mes projets « d'après », sur ma *life d'after*.

La saison 3 de *L'île de l'amour* est terminée. Normalement, je devrais faire *Blind date à Miami*, mais j'attends la réponse de la production. Mine de rien, ce sera une sorte de consécration, cette émission, parce que ce sera en anglais. C'est pour ça que je m'entraîne à maîtriser la langue.

Après, peut-être que j'arrêterai la téléréalité. J'ai plein de projets ! Je voudrais lancer une ligne de maillots de bain et, surtout, ouvrir un club à Ibiza. Un truc chic et classe, à mon image. J'ai eu une idée de ouf : offrir des consommations aux filles, en fonction de leur tour de *boobs*. Avec un système de barème bien chiadé : hors de question de faire de l'approximation ! Open bar pour les plus belles prothèses.

Et puis, depuis la visite du psychopathe en tenue de campeur, je m'occupe aussi des exercices d'Esther. J'ai mis au point un entraînement au top, inspiré des mouvements que m'a indiqués l'autre dingo agricole, mais aussi des vidéos de fitness girl sur YouTube, notamment Melissa Alcantara, la coach de Kim, parce que ce qui compte, c'est la motivation : tout est dans le mental. C'est pourquoi sur YouTube, Melissa et Kim font les exercices en même temps : elles se contentent pas de compter bêtement.

Donc Esther et moi, on se fait face, chacune sur notre balcon. Je mets de la musique sur mon enceinte portable : du David Guetta, c'est le top. Et hop ! on fait les mouvements. On fait les pliés/dépliés et aussi les montées de jambes. Dix, c'est pas assez : Melissa commence toujours ses vidéos par « no pain no gain », alors on fait vingt. Dans une semaine, on passe à trente. Au début, Esther trouvait que ça allait trop vite et que c'était difficile, mais je lui ai parlé des sacrifices de Kim pour retrouver son corps après la grossesse, je lui ai fait passer des photos de avant/après par sms, et je pense que ça l'a motivée grave. Kim K en bikini + *Sexy Bitch* de David Guetta.

Aucun doute là-dessus : *I'm the queen of the fitness !*

Céline

Quand je pense que, pour beaucoup de gens, le temps en ce moment s'écoule paisiblement et bien trop lentement, je vous assure qu'en ce qui me concerne, aussi invraisemblable que cela puisse paraître, le temps file vite. Très vite, même. Je me lève tôt, je bosse tant bien que mal le matin sur l'unique dossier qu'il me reste à traiter, et ensuite, je gère le quotidien, en particulier deux minitornades et un ado récalcitrant à la continuité pédagogique chère au ministre de l'Éducation.

Pourtant, j'aimerais assez m'ennuyer, traîner au lit, me poser des questions existentielles sur ma prochaine série Netflix, choisir un livre, faire des choses que je n'ai jamais le temps de faire, du style un masque hydratant sur les cheveux, un gommage pour le corps au sucre et une french manucure... Je prends déjà sur moi pour sauvegarder le peu de dignité qu'il me reste en évitant de télétravailler en pyjama. Je m'interroge très sérieusement sur l'opportunité de continuer à m'épiler, et la seule chose qui me retienne de revenir complètement à l'état sauvage, c'est de m'imaginer en réanimation. Je n'ai pas envie qu'on me prenne pour Chewbacca, ou pire, vu mon poids, pour Demis Roussos...

Quelquefois, je ne sais plus quel jour on est, j'ai l'impression d'être dans un long dimanche perpétuel et d'avoir perdu tous mes repères temporels. J'en deviendrais presque nostalgique des culottes Petit Bateau avec les jours de la semaine écrits dessus que ma mère me faisait porter quand j'étais petite. Ceci dit, je doute que ça existe en taille 46...

Parce que je dois reconnaître que je n'arrête pas de manger. Les plats équilibrés que je prépare pour les enfants, bien sûr, mais *aussi* d'autres choses. Plein d'autres choses. *Tout*, pour être plus précise. Comme je ne peux quand même pas porter un masque chez moi pour m'empêcher de bouffer, je pense à m'imprimer quelques panneaux indicateurs que je pourrais judicieusement disposer dans les endroits stratégiques : « Tu n'as pas vraiment faim » sur la porte du frigo, et « Réfléchis bien » sur celle du placard à biscuits. Ou alors je ne me pèse plus jamais seule. Je raisonne en « masse pondérale globale et familiale ». À chaque fois, je prends les jumeaux dans mes bras quand je monte sur la balance, comme ça, il y aura toujours un doute sur *qui* est responsable de l'évolution du poids. Sauf que, quand ils vont grandir, ça va devenir compliqué, comme stratégie...

À propos des jumeaux, ils ont une réserve d'énergie inépuisable. Je cherche fébrilement sur Internet des activités pour les occuper. Hier, nous avons fait germer des graines de lentilles dans du coton, nous avons préparé des crêpes, et puis ils ont voulu faire de la peinture. Pleine d'espoir, je me suis souvenue que Picasso avait démarré précocement.

Prévoyante, je les ai équipés de tabliers en plastique et j'ai disposé des grands sacs poubelle sur la table et sur les chaises. En ces temps confinés, j'ai entendu une émission qui disait qu'il était important de libérer l'énergie créatrice des tout-petits, afin de les aider à supporter l'enfermement. Je les ai donc encouragés à laisser s'exprimer leur fibre artistique, et une bonne partie de l'après-midi, ils ont joyeusement badigeonné des feuilles vierges de grandes zébrures multicolores, sous mon œil extasié mais vigilant.

Je ne me suis interrompue qu'une fois, pour aller fumer une cigarette sur le balcon. Esther n'était pas dehors, mais nous savons qu'elle est souvent en appel vidéo avec ses enfants et petits-enfants en début d'après-midi, à cause du décalage horaire. C'est tellement touchant de voir le bonheur que ça semble lui procurer, ses échanges réguliers avec sa famille ! Si loin, si proches.

Quand les enfants sont petits, on serre fort leur petite main dans la nôtre, on a conscience de tenir un trésor, on se dit que ce lien ne disparaîtra jamais. Et puis ils grandissent. Subitement saoulés par le moindre contact et agacés, ils retirent leur main avec précipitation quand on essaie de s'en emparer devant « les gens ». Petit à petit, ce que l'on croyait immuable n'est plus si certain. On découvre stupéfait que ce lien puissant et magique devient juste une chaîne, un poids pour nos ados qui ne rêvent plus que de s'en affranchir. « C'est bon, lâche-moi ! » nous répètent-ils, excédés.

Peut-être que nous, ensuite, tout le reste de notre vie, on le passe à essayer de leur reprendre la main un bref instant et de la garder encore un peu dans la nôtre. C'est ce qu'a fait Manava, finalement, en permettant à Esther de tenir, au moins virtuellement, la main de ses enfants par-delà les océans.

J'en étais là de mes réflexions attendries sur l'enfance, lorsque j'ai entendu un couinement et que j'ai vu passer un éclair vert entre mes jambes. J'ai poussé un cri avant de rentrer en catastrophe dans le salon : « Putain, ils ont essayé de peindre le chat, ces petits cons ! »

Après cette tentative, j'ai décidé d'étouffer dans l'œuf les velléités picturales des jumeaux. À mon avis, Monsieur et Madame Picasso n'avaient pas de chat, ou alors, s'ils en avaient un, peut-être cet animal était-il coopératif et acceptait-il de bonne grâce de se laisser nettoyer dans une douche ? Le mien a refusé catégoriquement : il s'est débattu et a grogné, mordu, griffé, jusqu'à ce que Hugo et moi abandonnions le combat. La bestiole s'étant frottée à tous les meubles et au canapé, la couleur s'estompe progressivement : elle devient gris-vert.

Échaudée mais pas résignée, je me suis dit que le modelage serait peut-être plus probant. Nous sommes donc passés à la pâte à sel. Verdict : quand tout ça sera terminé, il faudra que je retrouve l'inventeur de ce concept de pâte à sel. Comme dans les films américains, je le poursuivrai de ma vengeance à travers le monde. Je serai impitoyable : Uma Thurman dans *Kill Bill*, ce sera Mère Teresa à côté de moi, parce que j'ai une espèce de glu salée jusque dans mes cheveux. Ça tombe bien, je voulais faire un masque hydratant, mais je ne suis pas sûre que le mélange eau/farine/sel soit le plus adapté pour les pointes sèches.

Les jumeaux ont une partie du corps, mains, bras et épaules recouverts également de la substance gluante. Ils sont en train de sécher. Si j'attends encore un peu, ils vont être fossilisés. En plus, si ça se trouve, la coque de protection ainsi formée peut constituer une excellente barrière antivirus. L'espace d'un instant, je me prends à les imaginer figés en adorables petites statues que je ferais sécher sur le balcon, enfin sages, tranquilles, pendant que je me ferais couler un bain pour me récompenser. Pour l'humanité, enfin débarrassée de la menace, je deviendrais LA femme qui a trouvé LE remède à la contagion, grâce à une astucieuse formule à base de pâte à sel.

Demain, on essayera de faire du gel hydroalcoolique à base de Fanta orange et de produit vaisselle. En attendant, moi aussi, je vais aller exprimer ma créativité : ce soir, j'ai gratin.

Quoi qu'on en dise, au moins, je suis la reine de la cuisine !

Damien et Hugo

« Tout baigne, Fils ?

— Non.

— ? Qu'est ce qui t'arrive ?

— Mal au ventre.

— Décris-moi précisément les symptômes : je suis ton toubib préféré et le roi de la téléconsultation, ne l'oublie pas.

— Gratin de chou-fleur et céleri.

— Aïe ! Hors champ de mes compétences. Désolé. »

Jour 23

Manava

Les jours rallongent, ça fait trop chelou, parce que le soir, j'ai toujours l'impression que c'est le début de l'été, que je vais mettre une minirobe à paillettes trop belle qui mettra en valeur mon bronzage et que je vais sortir en club. J'y croiserai plein de meufs pas mal, mais quand même, ce sera moi la plus bombasse, et tout le monde me regardera avec envie et admiration. Bien sûr, tous les mecs seront à mes pieds, baveront devant mon cul et mes *boobs*, même le beau gosse de Uber Eats. À la fin, il ne pourra que se jeter à mes pieds en me demandant pardon de m'avoir ignorée pendant le confinement.

Ça me manque tellement, tout ça, que, même pour aller boire un verre avec mes voisines sur le balcon, je me change et je mets une jolie robe. Alors, pour me faire plaisir, Mamie Nova et Céline s'extasient sur ma tenue, même si je sais bien qu'en vrai, elles s'en foutent.

À chaque fois, Mamie Nova s'inquiète, parce que je ne suis pas assez couverte et qu'elle a la trouille que je prenne froid. Elle est trop mignonne. Elle dit des trucs chelou, genre « il fait frisquet, mettez un chandail » ou bien « ma Petite, vous n'êtes pas assez couverte. » Je peux pas lui dire « mais Meuf, c'est mon job de pas être assez couverte », parce que je pense qu'elle ne comprendrait pas exactement mon orientation professionnelle. Mais je kiffe l'idée qu'elle se fasse du souci pour moi. J'ai l'impression que jamais personne s'est vraiment inquiété pour moi, à part les producteurs de *L'île de l'amour* quand j'ai choppé un zona, bien sûr, parce qu'ils s'inquiétaient beaucoup de savoir si j'allais pouvoir tourner quand même, si ça se verrait à l'image, etc.

Voilà pourquoi, quand je la vois, toute frêle, qui me regarde avec ses petits yeux de biche apeurée, quand elle joint ses mains devant elle en disant « Oh là là ! ma Petite, vous allez attraper la mort, comme ça ! », elle me fait craquer, et j'ai envie de la serrer dans mes bras. Pas trop fort pour ne pas la casser, parce qu'elle a l'air aussi fragile qu'une biscotte.

Céline, aussi, est cool. Quand je fais mon apparition en bombe atomique sur le balcon, à chaque fois, elle rigole et fait semblant d'être surprise. Elle se moque de moi. Avec sa voix un peu bourrue, elle dit : « Oh là là ! c'est carnaval ou quoi ? » Mais il y a quelque chose dans ses yeux qui n'est jamais méchant. Et en méchanceté et autres saloperies, je m'y connais : j'ai un BTS en grosse salope et un master en langue de pute.

Céline, elle est pas comme ça. Elle a beau s'habiller comme un mec, ressembler à un camionneur ou à un mec de la CGT et faire des vannes toute la journée, elle est *délicate*. Je le vois à la façon dont, parfois, elle s'assoit sur sa petite chaise, sur le balcon, avec un jumeau sur chaque jambe, à la façon dont elle leur caresse les cheveux en leur parlant doucement à l'oreille. Je ne sais pas ce qu'elle leur dit, mais je vois que ça les calme, que c'est doux, tendre et délicat. Comme elle. Mais c'est à l'intérieur, ça se perçoit pas forcément. Un peu comme moi avec l'intelligence.

Je pourrais montrer que je suis plus maline et plus futée qu'on ne croit. Je pourrais être une fille assez intelligente. Mais je ne serai jamais *la plus* intelligente, alors que la plus belle, je peux. Tranquille.

C'est simple : je ne suis pas jolie, pas mignonne. Je suis une bombe !

Céline

Les jours rallongent, c'est bizarre. Il y a des soirs où l'air est tellement doux qu'on se croirait presque en été. Je lâche prise peu à peu, sur les horaires, sur la routine, sur les règles, sur les douches à heures fixes, sur tout. J'ai de plus en plus de mal à faire dormir tôt les jumeaux. Parfois, le soir, je les laisse aller dans ma chambre : ils jouent dans mon lit, ils sautent, ils font les fous, ils montent des Lego que je retrouve ensuite sous mon oreiller, ils jouent au fantôme dans ma housse de couette, et puis, d'un coup, ils tombent d'épuisement et s'endorment d'une traite, comme frappés par la foudre, en travers du lit, les bras en croix ou roulés en boule, comme des jeunes chiots. Alors, délicatement, avec Hugo, on les soulève, on les transporte comme un précieux petit trésor et on les couche dans leur lit. On vit un peu comme en vacances, sauf qu'on n'est pas en vacances.

Il n'y a que sur la question de l'alimentation que je reste intransigeante. Tous les jours, je continue à cuisiner sain et inspiré, des légumes frais et des pâtisseries maison, parce que je vois bien que les enfants apprécient et se régalent.

Mon appartement est à mi-chemin entre un champ de bataille (après la bataille) et le studio de tournage de *Top Chef* (après l'émission), avec en fond sonore des génériques de dessins animés et des bruits de combats à l'artillerie lourde, en provenance de la chambre de Hugo.

Quant à moi, grâce à mon régime alimentaire aussi cohérent que la politique de gestion de la pénurie des masques, je ressemble de plus en plus à un éléphant de mer. Je me regarde le moins possible dans une glace, sauf pour me brosser les dents. Le matin, je me pose simplement la question cruciale : jogging bleu ou jogging gris ? Et je choisis mon haut parmi la collection que m'a laissée Anthony. Avoir un ex-mari commercial chez un grossiste en spiritueux, ça donne un impressionnant choix entre des t-shirts Kronenbourg, Saint-James, 1664, Jack Daniel's, Ricard ou Ballantine's.

Mes amies du balcon m'aident à garder certains repères. Par exemple, quand je vois Esther, toujours très droite et impeccable, avec son chignon tiré, ou bien Manava, spectaculaire dans ses minirobes multicolores, juchée sur d'improbables talons aiguilles, j'ai parfois un peu honte. Manava persiste à trouver que j'ai un look « trop cool » : il paraît que je suis en mode rappeur des années quatre-vingt-dix et que c'est hyper *hype*.

Moi, je sais que je ne ressemble à rien. Je ne suis plus belle. Je l'ai été quand j'ai été aimée, mais ce temps est révolu. La beauté, la jeunesse, c'est quelque chose qui file entre mes doigts et que je n'arrive pas ou plus à retenir. Par manque d'énergie, de temps, d'envie, j'ai fait le choix d'ouvrir mes mains et de laisser le sable s'écouler, d'un coup. Comme dirait Hugo : « J'arrête le *game*. J'ai pas la *win*. »

Je refuse de devenir une vieille jeune fille pathétique, accro au coiffeur, à la chirurgie et aux régimes. Je refuse d'entamer un combat perdu d'avance. Et je refuse également qu'on m'infantilise ou qu'on me berce d'illusions. J'en ai ma claque des mouvements *body positive*, qui voudraient me faire aimer mes bourrelets, ma cellulite et ma graisse. C'est très bien pour celles qui le font, sans doute, mais moi, ça ne me parle pas. Je n'ai aucune envie de me teindre les cheveux en bleu, de me tatouer des fleurs sur les bras et d'exposer triomphalement mon ventre flasque et mon gros cul sur les réseaux sociaux, en claironnant « *Fat is beautiful.* »

Chacun son truc. En ce qui me concerne, *fat* n'est pas *beautiful*. Mon *body* n'est pas *positive*. Mon boule n'est pas une œuvre d'art.

C'est simple : je ne suis ni ronde, ni voluptueuse. Je suis grosse.

Esther

Les jours rallongent. C'est étrange, mais il y a des soirs où l'air est tellement doux qu'on se croirait presque en été. Ces soirs-là, on déguste le vin blanc frais de Céline un peu plus langoureusement. Je me limite à un verre, parce que, normalement, avec mes médicaments pour le cœur, je ne devrais pas boire. Mais comme disent mes douces amies, il n'est pas impossible que nous soyons en train de vivre une fin du monde. Alors je m'autorise juste un verre, pour les accompagner et trinquer avec elles. À la bonne franquette.

Je sais pertinemment que nous avons toutes en tête des envies de sortir, de marcher dans les rues, mais nous n'en parlons pas. À quoi bon ressasser ce qui est impossible ? Accoudées à nos balcons, dans la douceur du soir, on pourrait presque s'imaginer comme un groupe d'amies, attablées à une terrasse animée. Ces moments sont d'une grande gaieté et d'une grande douceur. Moi, je les accueille comme des cadeaux rares et précieux. Elles n'en ont pas conscience, mais je sais bien que la probabilité pour qu'une jeune fille de vingt ans et une mère de famille débordée fassent de moi leur confidente était très faible. Il aura fallu cet affreux virus et ce déconcertant confinement pour que nous nous rencontrions...

Je crois que notre petite Manava a un faible pour le jeune homme qui lui livre ses repas. Croyez-le ou non, cette jeune fille pleine de ressources est incapable de se faire cuire un œuf. Alors, tous les jours, elle commande des plats sur son téléphone mobile (je ne sais pas comment ça marche, elle a bien essayé de m'expliquer mais je n'ai pas retenu ; je préfère me concentrer uniquement sur la maîtrise des appels vidéo). Pour en revenir à nos moutons, la Petite se fait livrer ses repas tous les jours. La plupart du temps, il s'agit de choses exotiques dont je n'ai fichtrement jamais entendu parler ; je sais juste qu'elle refuse avec véhémence de manger chinois, depuis que Céline lui a raconté qu'il y avait du pangolin dans les rouleaux de printemps.

Bref, il semblerait que la Petite témoigne d'un vif intérêt pour le jeune livreur. Il paraît que maintenant, on appelle ça « avoir un crush », mais de mon temps, on disait simplement « avoir le béguin ». De toute façon, le fond est le même, il s'agit de cultiver une inclinaison discrète pour quelqu'un.

Je lui ai demandé si elle aimerait que l'élu de son cœur se mette à la courtiser, et elle m'a regardée avec de grands yeux ronds. Elle m'a répondu en riant que je « débloquais grave » et qu'elle voulait simplement « pécho » ce jeune homme. Ensuite, désabusée, elle a ajouté qu'en fait, le livreur ne lui plaisait pas tant que ça, mais que c'était plus fort qu'elle : il fallait toujours qu'elle réussisse à séduire tous les hommes, même si elle n'avait pas forcément envie de « ken ».

Je n'ai pas osé demander ce que signifie « ken » : j'imagine que ça a à voir avec les poupées Barbie de son enfance. Il doit me rester celles de Béatrice, dans une boîte. Je les lui donnerai, ça lui fera plaisir. J'ai trouvé ça un peu curieux, tout de même, mais les jeunes gens sont parfois déroutants. De toute manière, je trouve toujours tout curieux quand la Petite parle. C'est à la fois incompréhensible, drôle, incongru, mais parfois avec une pointe de tristesse dont je n'arrive pas à identifier la provenance.

Elle me pose souvent des questions déconcertantes. Par exemple, l'autre jour, elle a absolument voulu savoir comment étaient mes cheveux avant d'être blancs. Quand je l'ai informée que, jeune, j'étais plutôt rousse, elle a écarquillé les yeux d'étonnement. Il paraît que « c'est trop la classe. » Même Céline avait l'air épatée, comme si c'était un exploit. Elle a demandé :

« Rousse comme Mylène Farmer ou comme Julianne Moore ?

— Non, rousse comme Lindsay Lohan et Fauve, de *Danse avec les Stars* ! a rétorqué Manava.

J'ai haussé les épaules.

— Comme Maureen O'Hara et Rita Hayworth, mesdemoiselles. »

Ensuite, Manava a voulu savoir pourquoi je ne me teignais pas les cheveux. Elle m'a sorti toute une théorie sur les bienfaits des teintures sans ammoniaque et du henné ayurvédique. J'ai essayé de leur expliquer. Ce n'est pas forcément une chose aisée, mais nous avons du temps. Et il y a tellement de choses que, de mon côté, j'aurais aimé comprendre plus tôt !

Le miroir m'a longtemps renvoyé l'image d'une très jolie femme. Ce fut très agréable, un cadeau de la vie. On s'habitue vite aux hommages, aux sourires, aux regards des gens quand ils vous voient pour la première fois. Colette disait : « La beauté est promesse de bonheur. » Je ne sais pas si c'est vrai, mais tout au moins peut-on convenir que c'est un privilège.

Les gens ont souvent un a priori favorable avec une jolie femme... à moins qu'ils n'aient plutôt un a priori défavorable envers les femmes laides. Moi, j'étais plus Maureen O'Hara que Rita Hayworth : j'avais une beauté sereine, douce, pas fatale, et la plupart du temps, passée la première méfiance bien compréhensible, les femmes ne me détestaient pas. De plus, comme je suis rapidement tombée très amoureuse de Georges et lui ai été très mariée, les hommes ont toujours gardé avec moi une distance respectueuse et convenable. Ajoutons à cela que mon mari était ce qu'on a coutume d'appeler une force de la nature, grand, fort et bien bâti, ce qui a certainement contribué également à calmer les ardeurs des éventuels soupirants.

Mais tout ceci aurait été bien inutile, de toute façon, parce que pour moi, très vite, il n'y a plus eu « que lui ». Je n'en ai aucun mérite, je n'ai jamais fait le moindre effort : il a toujours été mon soleil, dont l'éclat et la chaleur éclipsaient tous les autres. Tout cela était donc très agréable, et même si je n'en faisais pas une obsession, je veillais à rester une jolie femme, coquette. De mon temps, on disait « tirée à quatre épingles ».

La beauté est une drogue (même si je ne connais pas grand-chose aux drogues), et je crois que cela peut rapidement vous rendre dépendante. Mon premier cheveu blanc m'a fait rire, le deuxième aussi, et puis, au vingtième, je me souviens avoir eu les larmes aux yeux. Un peu à cause de la douleur (ça fait un mal de chien quand on les arrache), mais pas uniquement...

De la même manière, j'ai aimé les premières petites rides au coin de mes yeux : je les ai trouvées touchantes, pleines de charme. Mais il faut être honnête : le cou qui plisse, comme un poulet d'élevage, les taches sur les mains, le dessous des bras flasque, et ces joues naguère fermes et rebondies qui glissent doucement vers le bas, vous donnant un air perpétuellement triste, qui peut aimer ça ?

À la ménopause, je me souviens avoir été si triste ! Je me sentais vieille, vidée et pathétique. J'étais perpétuellement au bord des larmes, mais ce n'était pas dû uniquement aux hormones. Je ne supportais plus d'entendre mes amis, mes enfants (Béatrice, surtout), me répéter que j'étais « encore très bien pour mon âge », alors que moi, j'avais l'impression de me déliter, de m'évaporer, de disparaître dans l'air. Tous ces gens bien intentionnés qui m'assuraient que j'étais « encore belle », alors que le miroir tous les matins me hurlait que c'était de moins en moins le cas, cela me rendait folle. Plus mes proches tentaient de me rassurer, plus je devenais aigrie, malheureuse. J'étais en colère contre le temps. Et peut-être celui-ci se vengeait-il ?

Ce qui m'a sauvé ? C'est Georges, bien entendu. Un matin, alors qu'il me regardait me scruter rageusement dans le miroir, il m'a demandé « qu'est-ce que tu fais encore ? » de son ton badin, mi-amusé, mi-sérieux. J'étais une grenade, prête à être dégoupillée :

> « Je me regarde, figure-toi, je me regarde. Je mets des crèmes, des pommades et je me regarde me décomposer malgré tout. Je m'observe vieillir et devenir laide. Je regarde ces deux nouvelles rides, là, tu vois, au coin de la bouche. Elles me donnent l'air amère, triste. Je regarde aussi cette nouvelle tache, sur la pommette. Tous les jours, je la maquille, je l'atténue, et chaque soir, elle me nargue, elle me dit : “je suis là, je vais rester, m'agrandir jusqu'à t'engloutir.” Je regarde mon ventre qui devient rond, juste au-dessous de la ceinture, mes seins tout vides. Je regarde mon corps qui devient vieux. Et je suis en colère. Triste et en colère. Voilà ce que je fais. Et s'il te plaît, ne viens pas me dire que je suis folle, que j'invente, que j'imagine, que ce n'est rien, parce que ce serait encore pire. »

Georges a tiré pensivement sur sa pipe, puis il a repris son petit air amusé. Ensuite, il s'est levé, il a haussé les épaules, il a dit : « Oui, c'est vrai, tu as raison. » Il a pris son béret et il est sorti travailler comme chaque jour. J'en ai eu le souffle coupé. Je le savais moqueur, taquin parfois, mais jamais au point d'être un tel goujat. Je ne le pensais pas capable d'être insensible ou dur. Toute la journée, j'ai ressassé ses paroles, j'ai ruminé. Et puis, le soir, il est venu s'asseoir à côté de moi et m'a entouré les épaules. Il m'a planté un baiser sur la joue et m'a dit :

> « Écoute, Esther, je ne vais pas te mentir, te dire que tu ne changes pas, que tu es toujours la plus belle, ce serait faux. Tu changes, tu vieillis, tout ce que tu scrutes rageusement chaque matin, je peux le voir aussi, et d'une manière purement factuelle, tu as raison. Tu vieillis,

mon amour. Je suis malheureux de te voir aussi triste à cause de ça, mais c'est ainsi.

Moi aussi, je vieillis, nous vieillissons. Regarde-moi, par exemple. Souviens-toi comme j'étais fort ! J'avais le dos large et musclé. Tu te souviens comme tu aimais me contempler de dos ? Je faisais celui qui ne voyait rien, mais sache que souvent, j'ai fait le fier-à-bras et traîné torse nu dans notre maison plus longtemps qu'il n'était raisonnable au regard de la saison et de la température, rien que pour être sûr que tu allais admirer ma musculature. Tu te rappelles comme je pouvais te soulever de terre d'un bras ? Tu te souviens de la facilité avec laquelle je faisais tournoyer les enfants ? Un dans chaque bras, jusqu'à leur adolescence.

Aujourd'hui, mes muscles fondent petit à petit, j'ai de l'arthrose, des rhumatismes, et je m'essouffle plus vite. Je pourrais encore te soulever de terre, mais ce serait au prix d'un grand effort. Et ensuite, j'aurais sûrement très mal au dos. Je prendrais très mal que tu me dises que tout cela est faux, que c'est le fruit de mon imagination, car ce ne serait pas honnête.

C'est un fait, mon corps vieillit : mes jambes, mes bras, mon dos, mon cœur me lâchent. J'ose espérer, mon amour, que pendant toutes ces années, tu n'as pas été amoureuse *que* de mes dorsaux. J'ose espérer que ce n'est pas *uniquement* avec ma cage thoracique et ma musculature que tu as décidé de faire ta vie ? »

J'ai regardé ses mains calleuses, son crâne dégarni et ses yeux rieurs. Toute ma vie, j'ai cherché à percer le mystère de ces yeux sombres : c'est l'une des raisons pour lesquelles j'adorais nos dîners à la lueur des bougies... Il a poursuivi tranquillement, comme quand les enfants étaient petits et qu'il voulait leur expliquer quelque chose d'important :

> « Alors vois-tu, ma douce, c'est pareil. J'ai épousé une rousse magnifique, aux yeux en amandes et à la peau douce. J'ai aimé chaque centimètre carré de cette peau, et je l'aimerai toute ma vie. Mais je n'ai pas épousé une couleur de cheveux ou un épiderme, Esther. J'ai épousé une femme !
>
> Une femme entière, complète et complexe, dont la beauté n'était *qu'un* élément parmi tant d'autres. J'ai épousé ton caractère, ton rire, ton intelligence, ta force, ta douceur. J'ai épousé ton amour des livres, ta façon de danser, ta façon de t'endormir dans mes bras, ta façon d'avoir peur des araignées, ta façon de râler quand j'allume une cigarette et d'exiger que j'aille sur le balcon, ta façon suspicieuse de humer l'air du salon quand tu rentres, pour vérifier si j'ai été discipliné. J'ai épousé ton amour pour Dalida et pour Bernard Pivot. J'ai épousé ta façon de fermer les yeux quand je t'embrasse. J'ai épousé ta myopie, ton rire trop aigu qui me vrille les oreilles, ta façon de froncer le nez quand tu fais des mots croisés. J'ai épousé une reine des gâteaux au chocolat, une amoureuse du printemps et une femme qui a toujours refusé de dormir dans des draps non repassés… J'ai épousé tellement de choses !
>
> Bien sûr que tu étais belle à vingt ans, bien sûr que tu l'es encore, mais moins, ou alors différemment, et bien sûr qu'un jour, tu ne le seras plus du tout. Pour autant, est ce que tu n'es QUE ça ? Si, demain, tu ne devais plus savoir réaliser tes moelleux au chocolat, est-ce que je devrais moins t'aimer pour autant ? Et moi ? Maintenant que je ne peux plus soulever de lourdes charges,

maintenant que je ne suis plus “le grand costaud”, est-ce que tu m’aimes moins, mon amour ? »

J’ai eu un peu honte de moi, je l’avoue. Sa tirade *visait juste*, et pourtant, une partie de moi se révoltait et persistait à penser que tout ça *n’était pas juste*, malgré tout. Il a repris :

« Tu es bien plus que ta beauté, Esther : tu es un tout, et ta beauté n’est juste qu’une petite partie de ce tout. Il y a des choses que l’on perd en vieillissant, c’est indéniable, d’autres que l’on gagne ou que l’on développe. Par exemple, moi, je suis moins fort, mais j’espère être devenu plus intelligent, plus cultivé, peut-être en partie grâce à toi et aux soirées Bernard Pivot que tu m’as forcé à regarder pendant trente ans. Je suis devenu patient, également, accommodant et docile : je fume toujours sur le balcon et je sais même repasser les draps !

Et toi, mon amour, tu as perdu peut-être un peu de fermeté et de douceur de peau, mais tu as aussi gagné avec le temps. Tu étais farouche, maladroite et timide ; tu es devenue une femme déterminée, à l’assurance tranquille et pleine de ressources.

C’est la vie, Esther. Nous sommes des ciels étoilés. À certaines périodes, nous sommes plus brillants. Parfois, une étoile scintille plus que les autres, et parfois, elle s’éteint. Une autre brillera, qu’on n’avait pas remarquée jusqu’alors. Ce ne sera pas la même, elle illuminera le ciel différemment. Mais ce ciel sera toujours notre horizon. Tu es mon horizon, mon ciel, le premier que j’ai envie de voir le matin quand j’ouvre les yeux, et le dernier que je vois quand je les ferme. Que ce ciel change n’est qu’un détail. »

Il a dit tout ça, tranquillement, comme une évidence. Et puis c'était fini. Nous n'avons plus jamais reparlé du sujet. J'ai passé une sorte d'accord avec moi-même : celui d'être désormais un ciel apaisé et d'apprécier toutes mes étoiles. J'ai laissé mes cheveux devenir gris, puis blancs, mais j'ai cessé de me lamenter et je ne les ai plus jamais arrachés. Je me suis mise à faire ce chignon serré que je porte tous les jours et que je trouve chic et élégant. « Ma tête de Simone Veil », disait Georges en riant. Je n'ai plus cherché à dissimuler mes taches de vieillesse sur mon visage, mais j'ai toujours mis un point d'honneur à porter du rouge à lèvres quand nous sortions. J'ai cessé de me désoler de voir ma silhouette changer, mais je n'ai jamais renoncé à me tenir droite.

C'est une entreprise ardue de vieillir, et il est difficile pour certaines femmes de se résoudre à abandonner une part de ce qui a longtemps fait partie de leur identité : leur beauté, leur capacité à séduire, etc. Je crois que c'est un chemin que l'on fait le cœur plus léger si on comprend que l'on n'est pas « que » cela, si l'on accepte que la jeunesse et la beauté sont une partie de ce que l'on est, mais pas la totalité.

C'est simple : je ne suis ni belle ni laide. Je suis un ciel.

Damien et Hugo

« Coucou. Tu réponds pas ?

— Nan, DSL, j'étais occupé, là. Y a eu un problème, mais ça va, TKT.

— Un problème ?

— Mum a voulu faire des cookies.

— C'est déjà moins hasardeux que le gâteau chocolat/haricots rouges, non ?

— Yep. Je crois qu'elle prend un peu trop la confiance. Du coup, elle a fait sa recette, elle a mis au four et elle est sortie taper la discuss avec ses kopines sur le balcon, pendant la sieste des jumeaux.

— Et ??

— Y a la moitié des biscuits qui sont encore tout blancs et tout mous, l'autre moitié est complètement cramée, genre tout noirs, et le four s'est mis en alarme.

— Nooooon !

— Si. Du coup, tout a disjoncté, et moi, j'ai perdu tous mes points à Need for Speed. En plus, j'étais en tête.

— Mince...

Je jouais en ligne. Tu te fais exclure du jeu par les rageux quand tu te déconnectes pendant une partie. Comme c'est la 2e fois que ça m'arrive (la première, c'est Antoine qui avait appuyé sur le bouton off de mon ordi), ben, du coup, je suis banni pour une semaine. Trop la hass.

— Aïe. Dur. Tu peux pas plaider ta cause ?

— Comment ?

— Chais pas, moi, envoie-leur les cookies de ta mère, ils comprendront mieux comme ça ☺

— T'es ouf...Je fais ça, j'suis banni à vie ! »

Jour 24

Esther

Le temps s'est brusquement rafraîchi, et toute la journée, le ciel a paru hésiter entre couvert et pluvieux. C'est idiot, mais ne pas avoir croisé mes jeunes amies sur le balcon m'a manqué. Vers 20 heures, il s'est mis à pleuvoir comme vache qui pisse. Je suis tout de même sortie pour me livrer au rituel des applaudissements, sous la pluie persistante.

Céline était là, accoudée nonchalamment à la balustrade, comme tous les soirs, sous un parapluie publicitaire à la gloire d'une marque de bière. Elle m'a fait un signe de la main. Sur la petite table en fer de son balcon, elle avait posé sa bouteille de Viognier entamée, signe qu'elle n'était pas disposée à se laisser impressionner par quelques gouttes. J'ai compris le message et je suis rentrée chercher mon imperméable et mon chapeau de pluie. Le cœur un peu battant, je me suis dit qu'à mon âge, boire un apéritif sous la pluie était une chose délicieusement déraisonnable, presque une aventure. Juste après, j'ai pensé qu'il en fallait désormais bien peu pour me faire battre le cœur, et loin de m'attrister, cela m'a fait sourire. Demain après-midi, lors de nos appels vidéo, ce sera très amusant de voir la tête de Marc et de Béatrice quand je leur raconterai mes aventures !

Le balcon de Manava, en revanche, restait désespérément vide. Inquiète, Céline lui a téléphoné. La Petite paraissait morose et boudeuse. Il paraît que ce temps humide est une catastrophe pour ses cheveux, qui deviennent mousseux et frisés. Nous avons eu beau essayer de la persuader de traiter ses problèmes capillaires par le mépris, rien à faire, elle a décidé qu'elle ne mettrait pas le nez dehors. Un peu déçues, Céline et moi avons tout de même levé nos verres au retour du printemps et à la réouverture prochaine des coiffeurs.

Un quart d'heure plus tard, la pluie battante s'était transformée en fin crachin, et Manava pointait le bout de son nez par sa porte-fenêtre, les cheveux emprisonnés dans un énorme et périlleux turban multicolore. Elle nous a informées que, sous son amas de foulards, elle avait également emprisonné ses longs cheveux dans un bonnet de bain et une charlotte de douche. Le résultat était étonnant : l'accumulation de toutes ses diverses protections dissimulées par ses foulards colorés lui faisait une tête énorme. Je lui ai dit qu'ainsi, elle me faisait penser à une belle princesse indienne, parée pour une mystérieuse cérémonie. En mon for intérieur, j'ai pensé qu'il s'agirait d'une princesse un peu hydrocéphale, mais je me suis abstenue de le faire remarquer.

La Petite paraissait toujours maussade et a lâché d'un ton désabusé qu'elle avait accepté de sortir « juste pour nous ». Nous avons apprécié à sa juste valeur son sacrifice.

Pour nous distraire, Céline nous a raconté qu'elle était épuisée aujourd'hui, parce que les jumeaux avaient passé une partie de la journée à regarder en boucle des DVD de Disney. Notre amie a ajouté qu'elle devenait folle à force d'entendre les chansons de génériques toute la journée.

Ensuite, elle s'est livrée à une interprétation qui m'a semblé tout à fait réussie de « Libérée délivréeee ». Je l'ai regardée, rieuse, mouillée, brandissant d'une main son vieux parapluie Kronenbourg, et de l'autre, son verre de vin blanc, et je l'ai vue, elle aussi, comme une princesse, mais d'un autre genre : une princesse décoiffée, débraillée, mais pleine de vie et de fantaisie, un peu perdue, un peu déroutée de se retrouver seule dans un château devenu vide. J'espère que, bientôt, elle ne songera plus du tout à ses princes charmants décevants et qu'elle préférera chiper le cheval du prochain qui croisera sa route, pour aller galoper librement dans les bois plutôt que d'aller au bal. Ce sera au prince de l'attendre sagement, quand elle reviendra chaque soir, grisée de vent et de liberté. Je lui ai fait part de mon souhait. Ça l'a fait rire de plus belle, et elle s'est resservi un troisième verre de vin. Puis elle a dit : « À vous, Esther, chantez-nous quelque chose ! Puisqu'il pleut, allez, on chante toutes une chanson, ce soir. »

J'ai un peu protesté, mais cette idée semblait tellement ravir mes deux amies que j'ai fini par accepter. Le problème était plutôt que je ne savais pas du tout quoi chanter. J'ai un peu honte de le dire, mais la musique n'a jamais énormément accompagné ma vie, ou alors de manière discrète, en bruit de fond. Petite fille, ma mère m'a fait découvrir Prokofiev, *Pierre et le loup*, et j'adorais surtout les passages avec la flûte traversière, qui représentait les oiseaux. Et puis mon père adorait l'opéra italien et, quand il se rasait, il fredonnait toujours le *Chœur des esclaves* de Nabucco... Dans mon esprit, *Va pensiero* sera toujours éternellement associé à l'odeur du savon à barbe.

Georges et moi écoutions un peu la radio, bien entendu, mais j'ai peu de souvenirs de chansons m'ayant vraiment marquée. J'avais vingt ans à la fin des années cinquante : c'était le début du rock, et les Platters ont accompagné mon premier baiser. Georges aimait Chuck Berry et ressemblait un peu à Eddy Cochran. Moi, je préférais Dalida. J'étais rousse à la peau laiteuse, je m'appelais Esther, mais quand je l'entendais chanter *Come prima*, je me sentais un peu méditerranéenne dans l'âme. (J'ai raconté cela à David, une fois, et pour me faire plaisir, il m'a fait écouter la chanson sur son téléphone portable.)

Plus tard, les enfants ont amené de la musique dans notre vie, surtout à l'adolescence. Marc avait un walkman et tout un tas de cassettes audio qu'il fallait sans cesse rembobiner avec un crayon à papier. Il adorait le groupe Téléphone, et je crois qu'aujourd'hui encore, il écoute leur musique. Il était aussi amoureux de la chanteuse Lio, et je me souviens qu'il avait économisé pour aller la voir en concert à l'Olympia, dans les années quatre-vingt. Il en était revenu très déçu, avec cette remarque laconique : « Elle ne m'a même pas regardé. » Ce fut la fin de son idylle avec la jolie brune.

Béatrice, née un peu plus tard, nous a infligé toutes les modes de son époque, la new wave, les gothiques, etc. C'est à cette période que Georges et moi avons dû « décrocher », comme disaient nos enfants, et cessé de faire des efforts pour nous intéresser aux musiques actuelles. Dalida venait de mourir, Georges perdait suffisamment ses cheveux pour ne plus ressembler à Eddy Cochran...

Parfois, j'écoute Chérie FM. Dans les chanteurs actuels, j'aime bien Francis Cabrel et Véronique Sanson, mais je suis bien certaine que si je les qualifiais d'« actuels », Manava hurlerait de rire.

Tous ces souvenirs ne m'inspiraient donc pas vraiment pour chanter quelque chose à mes amies, sur un balcon pluvieux. Alors je leur ai fredonné le générique de *L'île aux enfants*, parce que c'est la première musique qui m'est venue en tête et parce que c'est sûrement l'une de celles que j'ai dû entendre le plus souvent dans ma vie. Tous les soirs, à 18 h 15, pendant des années. Je me souviens que nous avions le 45 tours, et que, même le week-end, quand l'émission n'était pas programmée, les enfants insistaient malgré tout pour chanter à tue-tête sur le disque.

Au final, que restera-t-il de la bande-son de ma vie ? Quatre-vingts années bercées de Prokofiev, de rock américain, de yéyé, de variété, d'opéra italien et de new wave, pour me souvenir juste de la chanson de Casimir et de ses amis. Comme si la mémoire de toute une vie, au final, devait se ranger sagement *derrière* les souvenirs liés aux enfants. Comme si, en fin de compte, je n'avais été qu'une mère... Cette idée m'a un peu contrariée.

Ensuite, ça a été le tour de Manava. La Petite, qui veut toujours faire mieux que tout le monde et qui ne laisse jamais rien au hasard, a tenu à brancher son téléphone sur une enceinte portable pour avoir de la musique en fond. Elle nous a interprété une chanson dans une langue mystérieuse que je n'ai pas reconnue, mais qui a fait beaucoup rire Céline. Et puis j'ai insisté : « Et une chanson en français, Manava, vous n'auriez pas une chanson française en tête ? Quelque chose qui vous aurait marquée ? On a tous une chanson qui nous tient à cœur. »

Elle a semblé réfléchir intensément. Soudain, son visage s'est illuminé, elle a dit : « Ah oui, je sais, la chanson que j'écoutais tout le temps quand j'étais petite ! » Alors, a cappella, sans son téléphone et sans hésitation, elle nous a chanté d'une voix un peu hésitante :

« Je voulais te dire que je t'attends
Et tant pis si je perds mon temps.
Je t'attends, je t'attends tout le temps
Ce soir, demain, n'importe quand
Comme quelqu'un qui n'a plus personne
S'endort près de son téléphone
Et qui te cherche à son réveil
Tout seul au soleil, j'attends

Je voulais te dire que je t'attends
Si tu savais comme je t'attends !
Je t'attends, je t'attends tout l'temps
Quand seras-tu là ? Je t'attends
Si tu savais comme je t'attends !
Je t'attends, je t'attends tout l'temps
Je voulais te dire que je t'attends »

Céline et moi avons salué comme il se doit cette interprétation très réussie. (Pour être tout à fait honnête, Céline l'a saluée de manière beaucoup plus enthousiaste que moi, en levant son cinquième verre et en portant un toast à Michel Jonasz et à la chanson française en général.) Ensuite, elle a voulu savoir pourquoi une jeune fille de l'âge de Manava connaissait si bien cette magnifique chanson d'une autre génération. J'ai émis l'hypothèse que cela fasse suite à une rupture sentimentale, mais la Petite m'a regardée d'un air scandalisé : « Ça va pas, non ?? Aucun mec me quitte, moi !! »

Alors elle nous a raconté que cette chanson avait toujours été « sa » chanson, qu'elle l'avait entendue à la radio un jour, quand elle était en foyer, et que les paroles l'avaient bouleversée, car elles lui semblaient avoir été écrites tout spécialement pour elle. Elle a ajouté d'un petit air bravache : « C'est vrai, ça raconte l'histoire d'un mec qui attend tout le temps sa mère, et elle, ben elle vient jamais. »

Céline et moi nous sommes regardées, et aucune de nous n'a eu le cœur de la contredire et de lui expliquer que la chanson parlait plutôt d'une histoire amoureuse. Nous avons contemplé la Petite avec un mélange d'amusement et de tendresse.

Et puis la pluie s'est enfin arrêtée complètement.

Céline

Le temps s'est brusquement rafraîchi, et toute la journée, il a fait tantôt gris clair, tantôt gris foncé. Le soir, il s'est carrément mis à pleuvoir : une pluie assez forte en début de soirée, et plus fine ensuite. « Une pluie d'Alsace », comme aurait dit Damien. J'ai décidé que ce n'était pas quelques gouttes d'eau qui allaient nous empêcher de nous retrouver sur le balcon et de boire un verre. Au final, Manava s'est un peu fait prier, mais elle a fini par accepter de sortir, et on a passé un super moment, à parler, à rire et même à chanter, trempées, comme des idiotes joyeuses. Il y a des soirs qui ont vocation à servir de soupape, et c'était exactement la soirée qu'il me fallait : joyeuse et arrosée, même si, en ce qui me concerne, la soirée ne fut pas arrosée que par la pluie.

Manava m'a montré comment utiliser une application qui permet de chanter avec son téléphone, dans des karaokés personnalisés. Elle nous a fait rire en interprétant du Aya Nakamura, et je crois qu'on sera toutes déconfinées depuis longtemps avant qu'Esther réalise qu'il s'agissait d'une chanson en français. Après, Manava a interprété une jolie chanson de Michel Jonasz, pleine de nostalgie et de douceur, qui m'a filé une énorme envie de la serrer dans mes bras. Saleté de distanciation sociale !

Ensuite, mes amies sont rentrées chacune chez elles. J'ai mis les jumeaux au lit, je leur ai lu l'histoire d'*Armande, la vache qui n'aimait pas ses taches*, je me suis resservi du Viognier et j'ai continué à jouer avec l'application de chanson sur mon téléphone. De cette fin de soirée, je retiens trois points :

1) Je n'avais encore jamais vu Hugo pleurer de rire et j'avoue que ce n'est pas exactement l'effet que j'escomptais quand j'ai entonné *L'hymne à l'amour*.

2) Je ne savais pas qu'un chat pouvait se mettre à faire une crise d'angoisse et hurler à la mort, or c'est pourtant ce qui s'est passé quand j'ai attaqué *Requiem pour un fou*, la version de Johnny Hallyday et de Lara Fabian.

3) C'était ma dernière bouteille de Viognier.

Demain, j'enverrai Hugo au ravitaillement, puisque la pluie s'est enfin arrêtée complètement.

Damien et Hugo

« Salut mon grand.

— Slt.

— Ça va ?

— Yep.

— Tu me racontes un peu ?

— Ça va. Mum s'enjaille avec ses copines du balcon, et hier soir, elles ont tisé à fond (tiser, ça veut dire boire de l'alcool).

— Euh, je connais, figure-toi. Même en Alsace, on le dit. Et je sais bien que ça ne fait pas référence à la tisane !

— Même qu'hier soir, elle a un peu forcé.

— Carrément ?

— Yep. Elle a chanté et dansé jusqu'à 2 heures du mat.

— Ça lui fait du bien de décompresser. Et ce matin ?

— Même les bruits de l'aspirine dans le verre, ça a eu l'air de lui faire mal à la tête PTDR.

— Lol. Ce sont des choses qui arrivent.

— Du coup, aujourd'hui, elle va pas cuisiner !

— Excellente nouvelle ! Tu dois être content.

— Yep, à fond. Je te laisse, je vais faire les courses. Je veux pas kelle manque de vin ☺ »

Jour 25

David

J'étais content, ce matin. En ces temps troublés, je ne suis pas exigeant : je me satisfais de la moindre bonne nouvelle, du plus petit succès. Un patient qui n'est pas malade et qui n'a pas attrapé ce fichu virus, c'est déjà bien.

Je suis passé voir Esther. Elle est en forme, bien qu'elle s'obstine à sortir trop souvent et qu'elle refuse de prendre les précautions d'usage. Elle est têtue. C'est parce qu'elle est vieille : j'ai remarqué que les gens de son âge sont souvent comme ça, je lui ai dit, et ça l'a fait rire.

Elle m'a dit qu'il fallait qu'on fasse une nouvelle liste de mots avec les choses qu'il ne faut pas dire à une dame. J'ai commencé à noter « vieille », « grosse », et elle a dit que c'était très bien, mais qu'il fallait que j'en repère d'autres si je voulais communiquer sereinement avec les femmes. J'ai réfléchi aux filles que je connais, c'est-à-dire le plus souvent soit des patientes âgées, soit des copines de Marion, ma coloc, qui est en fac de sociologie. Alors j'ai rajouté « patriarcat », « Polanski » et « épilation » dans ma liste. Esther a eu l'air un peu perplexe, mais elle a dit que c'était bien.

Je ne lui ai pas parlé de mes tentatives de séduction avec Aïssa : je ne voulais pas la décevoir. Alors je me suis contenté de mettre mentalement à jour ma liste de sujets indésirables en ajoutant la poésie. Parce que je n'ai eu aucun succès avec :

> « Que j'aime voir, chère indolente,
> De ton corps si beau,
> Comme une étoffe vacillante,
> Miroiter la peau ! »

Aïssa a trouvé que Baudelaire, c'était de la poésie sexiste et dégradante de vieux mâle blanc. Je ne me suis pas vraiment rattrapé avec *La panthère noire*, car dans « La reine de Java, la noire chasseresse » à la « robe de velours », elle a vu une comparaison animalière profondément raciste et colonialiste. J'ai fait mon regard neutre (n° 1) et je l'ai laissée stoïquement se moquer de moi et piétiner mon jeune cœur de « dominant privilégié ». Ensuite, j'ai pris la résolution de faire une pause dans ma vie amoureuse, jusqu'à ce que mes listes soient enfin à jour.

En attendant, je constate qu'Esther va de mieux en mieux. Son moral est au top depuis qu'elle a des contacts réguliers avec ses enfants et petits-enfants. Il paraît que c'est sa voisine de l'appartement d'à côté qui lui a montré comment faire des FaceTime. Je m'en veux un peu de ne pas y avoir pensé moi-même plus tôt. Toujours est-il qu'elle est radieuse, je le vois : elle fait tout le temps des sourires de la liste n° 6.

Comme souvent les personnes les plus fragiles, elle n'est pas vraiment consciente du danger : elle ne prend aucune précaution pour elle, mais elle s'inquiète pour ses voisines. Elle me dit :

> « Vous comprenez, mon petit David, si la pauvre Céline tombait malade, toute seule avec ses enfants, ce serait terrible.

Je lui dis :

> — Mais vous aussi, Esther, il faut être prudente et prendre soin de vous. »

Je fais attention à ne pas faire allusion à sa vieillesse, comme ça, elle voit que je m'applique et que je prends sa liste en compte. En réponse, à chaque fois, elle hausse les épaules et me dit :

> « Moi, je vais bien, et surtout, j'ai fait mon temps. C'est vous, mon petit David, vous, Céline et ses enfants, et ma petite Manava qui devez prendre soin de vous : vous êtes l'avenir de l'humanité, vous, les jeunes. »

Je ne pense pas du tout qu'il soit raisonnable de prétendre que l'avenir de l'humanité puisse reposer sur une fille en talons compensés, une mère de famille en surpoids et un aide-soignant Asperger, mais peut-être que c'est une métaphore ou ce genre de choses avec lesquelles j'ai du mal. Dans le doute, je m'abstiens de lui faire remarquer que tout cela est très improbable, parce que je pense que ça lui ferait de la peine et qu'elle aurait un regard n° 5, le triste. Je ne l'aime pas, celui-ci. Et j'aime bien Esther.

En plus, je trouve qu'elle a fait des progrès remarquables avec sa jambe. Elle m'a raconté que sa voisine l'entraînait tous les jours. Je n'ai pas bien compris, mais il me semble qu'elle a parlé d'un monsieur « Gaita » qui était très motivant pour les exercices. Je ne sais pas qui est ce type, j'espère que sa voisine ne fait pas rentrer des gens chez elle : ce serait le comble qu'elle ne respecte pas le confinement alors qu'elle vit à deux pas d'une personne vieille. Non, fragile. Fra-gi-le. Je vais le noter en rouge.

J'ai voulu en avoir le cœur net, parce qu'avec ce genre de fille superficielle et écervelée, on ne sait jamais, alors j'ai été frapper chez cette Mavara. Lorsque je ne connais pas bien les gens, il me semble que c'est mieux de leur montrer mon visage, alors, comme l'autre fois, j'ai fait le choix de baisser mon masque et de rester loin d'elle. (De toute façon, je change de masque quand je pars de chez chaque patient.) J'ai bien fait attention à mon expression, j'ai fait le regard n° 2 et le sourire n° 1 pour avoir l'air sympathique et rassurant. Mais bizarrement, la combinaison n'a pas semblé fonctionner.

Au début, elle a eu un mouvement de recul, comme pour se protéger. J'ai cru que je m'étais emmêlé les pinceaux, alors j'ai refait le sourire n° 1, en plus accentué. Malheureusement, ça n'a pas fait plus d'effet : elle s'est montrée à peine polie et a répondu à mes phrases par monosyllabes. Je suis mal à l'aise avec ce genre de fille, autant qu'avec les copines de Marion, mais différemment.

À un moment de la conversation (ou plutôt du monologue), je me suis demandé si elle comprenait bien ce que je disais. Toujours est-il qu'elle a nié pour ce monsieur Gaita qui aiderait Esther à faire les mouvements.

Pour moi, c'est clair : elle est bizarre, cette fille.

Manava

J'étais contente ce matin. J'ai été faire un tour sur l'Insta de Kim et de Kanye, je suis rassurée : ils ont l'air d'aller bien, dans leur propriété de Hidden Hills. Il faut dire que, six mille mètres carrés, ça aide à supporter le confinement. Quant à moi, mes stats sur Insta sont plutôt bonnes. Je pense que mon nouveau concept commence à bien prendre parmi mes followers. J'ai aussi été faire un tour sur les profils officiels des autres filles : c'est important de suivre ses rivales.

Cette salope de Trishia expérimente visiblement un nouveau filon : elle se prend pour une blogueuse culinaire. Elle photographie les plats de sa mère, en mode « cuisine du terroir », « gourmande », « France profonde », etc. Mais bon, c'est un créneau difficile, la bouffe, encore plus que le yoga et le New Age : faut maîtriser les éclairages, les cadrages serrés, etc. Moi, je trouve que les photos du cassoulet de sa reum, on dirait plutôt le vomi de son caniche moche. #MissBourrelet2020. De toute façon, elle n'y connaît rien en cuisine et en bouffe, je le sais : j'ai vécu des semaines de tournage en sa compagnie. Pour elle, un plateau de fruits de mer, c'est une assiette avec du poisson pané, du thon en boîte et du surimi.

Il y a aussi une autre tendance qui émerge pendant ce confinement : c'est les vidéos littéraires. Il y a deux filles parmi le casting de *L'île de l'amour* et de *Survivor of love* qui se sont mises à faire des vidéos de conseil lecture. Je suis morte de rire. Elle se prennent en photo sur un canapé, en train de lire, ou à un bureau, avec une bibliothèque en fond (ça, je suis sûre que c'est du montage).

Par exemple, Vanessa (saisons 3 et 4 de *Survivor of love*), depuis une semaine, elle apparaît plus qu'avec des lunettes, pour faire genre intello. Je pense que le dernier bouquin qu'elle avait dû lire, c'était les aventures de *Oui-Oui au pays des jouets*, et encore, je suis certaine que ça lui avait filé la migraine. Ce matin, elle a fait une double chronique : comment entretenir ses faux ongles quand on ne peut pas aller chez la manucure, et ensuite, elle a parlé d'un roman qu'elle venait de découvrir, *Le journal d'Anne Frank*. Dans sa vidéo, elle a dit qu'elle en « était à la moitié et qu'elle avait hâte de savoir la fin. » Elle risque d'être déçue. Comme ça, elle pourra faire une chronique sur « les mascaras waterproof quand on lit un livre qui fait pleurer. »

Bref, je suis pas trop inquiète en ce qui concerne ma visibilité sur les réseaux sociaux ; je continue à être bien placée dans les influenceuses. Je suis pas encore la *number one*, mais ça viendra. C'est un peu le but d'une vie. Du coup, j'ai posté une citation de Sénèque sur un fond de coucher de soleil : « Il faut toute une vie pour apprendre à vivre. » (Entre nous, Sénèque, il est grave s'il croit que je vais attendre toute ma vie avant d'être numéro 1.)

Y a le psychopathe-agriculteur qui s'occupe d'Esther qui a sonné chez moi. Quand j'ai ouvert, il avait une tête encore plus flippante que l'autre fois. Du coup, je me suis reculée vite fait, au cas où il décide de passer à l'action et de me découper. C'est sûr qu'avec une tronche pareille, ça incite à très bien respecter la distanciation sociale. Il avait l'air complètement naze comme l'autre fois, avec sa veste Quechua, ses chaussures de randonnée et ses regards chelous.

« Euh... bonjour Mavara, comment allez-vous ?

— Manava. C'est Manava. (J'aime bien faire la fille glaciale et hautaine. Kim le fait de temps en temps quand on lui pose trop de questions, et je trouve ça trop classe.)

— Ah oui, pardon, Mavana. Je voulais... euh... je voulais vous dire qu'Esther fait bien ses exercices, apparemment, et je voulais... euh... vous dire merci.

— O.K. (Le coup de la réponse courte et du grand silence, Kim le fait parfois quand un journaliste l'ennuie avec ses questions.)

— Euh... sinon, ça va, vous êtes bien confinée sans visites, hein ? Je veux dire... Pour Esther, il vaut mieux respecter strictement les règles...

— Ouais... (Je n'ai même pas fait l'effort de lui répondre mieux que ça. Parce que 1/ je fais déjà hyper gaffe, 2/ si je devais me confiner avec quelqu'un, ce serait plutôt avec le beau gosse de Uber Eats, pas avec un type qui s'habille chez Décathlon et qui a un regard de requin marteau !)

— Non, je vous dis ça, parce qu'Esther m'a parlé d'un certain *Greta...* »

Là, j'avoue que j'ai rien compris à ce qu'il me racontait. C'est qui cette Gréta ? À moins que Greta, ce soit le nom du livreur ? Mais qu'est-ce que ça peut lui foutre, à Esther ? Et puis le gars, il est jamais rentré chez moi : il laisse tout à la porte et me tend l'appareil à CB de loin, alors je vois pas trop ce qu'il pourrait avoir à faire avec la rééducation d'Esther ? J'ai haussé les épaules et refermé la porte.

Pour moi, c'est clair : il est pas net, ce type.

Damien et Hugo

« Ça va toujours, Fils ?

— Bof.

— Qu'est-ce qui se passe ?

— Jsuis o BDR.

— Euh...Laisse-moi deviner : Bien Dans le Rythme ?

— Nan, rien à voir.

— Bas Des Reins ?

— Ça veut rien dire.

— Beau, Doux et Résistant ? Comme le papier toilette ? ☺

— Pffff...n'importe quoi. o BDR = Je suis au bout du rouleau.

— Ah ah, j'étais pas loin avec mon PQ !

— C'est long. J'en ai marre.

— Aïe. Je sais, mon grand. C'est long pour tout le monde.

— J'ai trop envie de voir ma go.

— Dis-toi que les retrouvailles n'en seront que meilleures.

— Sérieux, je peux pas me confiner avec elle ?

— Non.

— Allez. J'en peux plus j'te dis!

— Non. Je croyais que t'étais un gros dur ! Pardon, un thug !

— Ben non, pas en mode love !

— Ah oui, c'est vrai. Il faut faire le canard, sinon, on se fait friendzoner. (Tu noteras l'emploi du terme friendzoner, issu directement de mes recherches personnelles.)

— Mwé.

— Ben, tu pourrais apprécier et m'encourager !

— Toi aussi, tu pourrais m'encourager. Pour une fois que j'ai une meuf et que c'est sérieux.

— Je comprends, mais c'est toujours non. Profites-en pour découvrir les classiques de la littérature, tu verras que toutes les grandes histoires d'amour partent d'une impossibilité de vivre son histoire au grand jour, de manière facile... Roméo et Juliette, Heathcliff et Catherine, Héloïse et Abélard, la princesse de Clèves...

— Bof.

— Tiens, j'ai une super idée pour te remonter le moral !

— Ouiiiiii, cé koi ?

— Je vais t'envoyer un colis de livres à lirc ☺

— ... Pfffff... o BDR !!!!!!! ☹ »

Jour 27

Esther

Je m'attache à tous nos petits moments. Plus le temps passe, plus je me rends compte qu'ils me deviennent indispensables. Non pas comme des repères, car à mon âge, tout est déjà repère : l'horloge, les émissions de TV, le moment où certaines douleurs se réveillent, etc. Mais j'aime ce qui nous unit, tout simplement, et que nous n'aurions sûrement pas mis à jour sans cet affreux virus.

Hier soir, la Petite a décrété que c'était elle qui s'occuperait du dîner pour tout le monde. Intérieurement, j'ai été soulagée que Céline ne se propose pas pour nous faire goûter l'un de ses fameux gratins de légumes dont elle nous rebat les oreilles. Je pensais naïvement que Manava nous cuisinerait quelque chose, mais quand je lui ai demandé « Alors, que nous avez-vous concocté ? », elle s'est fendue d'un grand éclat de rire. (Béatrice. Mon dieu, ce rire, c'est ma Béatrice ! Dieu que la vie est jolie de m'envoyer ce clin d'œil quotidien !) Et puis elle a ajouté, avec son petit air frondeur : « Euh, ça va pas, la tête, je cuisine rien du tout, moi, je fais *L'île de l'amour*, pas *Top Chef* ! »

En fait, elle avait commandé des plats tout prêts. Elle a fait une remarque que je n'ai pas comprise, en parlant du seul truc qu'elle voudrait bien faire « chauffer » et du jeune livreur qu'elle convoite. Ça a fait rire Céline. Toujours est-il que ce soir, devant nos portes, nous avions chacune un sac, dans lequel il y avait des hamburgers, des frites et une canette de soda. Elle avait aussi prévu des portions pour les enfants de Céline. Sous ses grands airs, cette Petite est adorable.

Quant à moi, eh bien je n'avais jamais mangé ce genre de nourriture et j'avoue que j'ai trouvé ça assez bon. C'est juste un sandwich rond avec de la viande à l'intérieur. Bien sûr, ça ne casse pas trois pattes à un canard, mais hier soir, ça m'a paru être le meilleur festin du monde. Évidemment, les filles se sont moquées de moi quand j'ai absolument tenu à installer une assiette et des couverts sur la petite table en fer qui occupe une partie de mon balcon, en m'expliquant que ce n'était pas utile avec des burgers, mais moi, je tiens à conserver un certain savoir-vivre. J'ai même mis une nappe, sans faux plis, parfaitement repassée, et j'ai pensé en souriant à Georges, qui se serait moqué de moi. Céline a judicieusement fait remarquer que c'était comme quand Manava se changeait et mettait une jolie tenue pour le soir.

Nous sommes tombées d'accord sur le fait que ce qui était joli, dans la vie, c'était d'être capable de mettre du beau partout, y compris quand ce n'était pas utile. Alors Céline est rentrée un instant et est revenue avec un gros chandelier en bronze et deux porte-bougies en forme de cœur. Elle nous a dit que le chandelier était un héritage de sa grand-mère maternelle et que les porte-bougies en plâtre coloré étaient des cadeaux de la fête des mères, faits par Hugo quand il était petit.

Elle m'a passé le chandelier, et Manava a récupéré un des cœurs. Ensuite, à tour de rôle, on a allumé nos bougies. C'est là que la Petite a décrété que le Coca n'était pas à la hauteur de la soirée, et elle est revenue avec une bouteille de champagne. Il paraît que c'est un cadeau de son sponsor Elec FlashStim pour fêter la 10 000ᵉ ceinture de raffermissement abdominal vendue.

De la rue, on devait avoir l'air un peu étonnantes à observer, sur nos balcons respectifs : Manava avec sa tenue de grand soir, Céline avec son chandelier en bronze sur sa table de camping, moi avec ma vaisselle en porcelaine, toutes les trois en train de manger un hamburger et de se faire passer une bouteille de champagne. J'ai trouvé ce moment tellement joli, tellement parfait, que mon cœur était gonflé de joie. Dieu que j'aime les hamburgers !

En fait, à bien y réfléchir, à part le fait de ne pas pouvoir sortir, j'aime tout de ce qu'il se passe en ce moment...

J'aime quand la Petite m'appelle le matin, depuis son balcon, pour faire mes exercices. J'aime l'application qu'elle y met ; j'aime quand elle prend l'air concentré et comme elle fronce les sourcils quand je suggère qu'on fasse une pause.

J'aime quand elle me parle de son géranium le plus sérieusement du monde et quand elle me demande si elle fait tout bien comme il faut. J'ai remarqué qu'elle ne peut pas s'empêcher de vérifier de loin si le sien pousse mieux que celui de Céline. J'aime cette façon qu'elle a de se jeter à corps perdu dans ce qu'elle fait, même l'entretien d'une plante, et ce besoin touchant qu'elle a de toujours vouloir faire *mieux* que les autres.

J'aime quand elle nous parle de ses projets, quand elle s'échauffe, quand elle dit qu'un jour, elle sera « la plus grande » et que ce n'est que le commencement. Avec elle, tout est toujours début, promesse, et j'aime cette certitude qui semble profondément ancrée en elle que les choses seront toujours ainsi, que tout pourra toujours recommencer à chaque fois.

Manava, c'est un printemps. Un printemps de juin, éclatant, plein de promesses et triomphant, car il sait que les jours ne seront jamais aussi longs ni aussi lumineux que sous son règne.

J'aime que le premier geste que Céline fasse, quand elle sort, échevelée et excédée sur son balcon, pour fumer, ce soit de nous chercher des yeux. J'aime que son visage s'éclaire quand elle nous voit et que, d'un coup, son sourire mange tout son visage. J'aime son autodérision, j'aime qu'elle nous fasse rire de tout et que, chez elle, la moindre péripétie familiale devienne prétexte à une savoureuse anecdote.

J'aime quand je la vois passer dans la rue pour ses rares promenades, forte, résolue, un jumeau sur les épaules, un autre dans les bras, comme l'une des trois géantes d'Yggdrasil, dans la mythologie nordique. Il y a Urd, celle du passé accompli, et Skuld, celle du destin à venir ; Céline est Verdandi, la géante du temps présent.

J'aime que la fatigue, le stress et l'énervement se dissipent en quelques secondes sur son visage. Cette femme passe du gris au soleil en un clin d'œil. Céline, aussi, est un printemps. Un printemps de mars, quand les giboulées arrivent sans prévenir et repartent aussi vite qu'elles sont venues. Un printemps qui se croit encore hiver, alors qu'il porte en lui les graines du renouveau.

J'aime aussi beaucoup quand David vient. Je ne l'ai jamais entendu se plaindre. Pourtant, les choses doivent être compliquées pour lui : il est débordé, il fait des journées épouvantablement longues en ce moment, et ses mains sont rouges à force d'utiliser du gel hydroalcoolique. Pourtant, quand il débarque, j'ai l'impression qu'il amène avec lui une cargaison de bonne humeur et de légèreté, même si son visage ne l'exprime que maladroitement.

On plaisante, enfin... plus exactement, je plaisante, il prend un air perplexe, et je lui explique. J'aime qu'il me pose des questions naïves et qu'il n'en soit jamais mal à l'aise ou honteux. J'aime son obstination à décoder les réactions et les interactions humaines. J'aime l'application qu'il met à établir ses listes farfelues et je suis heureuse de l'aider.

En échange de mes conseils, il me raconte l'extérieur, son quotidien, les gens qu'il rencontre. Je sais parfaitement qu'il filtre, qu'il sélectionne pour ne garder que le bon, le joyeux, afin de me préserver. Il est affreusement maladroit sur certains aspects, mais extrêmement délicat sur d'autres. Je ne sais pas ce qu'il fait du « reste », s'il l'oublie sur le champ ou bien s'il le garde pour lui. Je sais juste que, quand il arrive, il fait toujours beau autour de lui. David, aussi, est un printemps. Un printemps d'avril, un peu timide, hésitant, pas toujours aussi chaud et ensoleillé que l'on aimerait, mais qui fait de son mieux pour éloigner l'hiver.

Ils me prendraient sûrement pour une vieille zinzin si je leur racontais ça. La Petite hausserait les épaules et lèverait les yeux au ciel en murmurant : « Elle part complet en vrille, Mamie Nova ! » (Je sais très bien qu'elle m'appelle comme ça quand elle croit que je n'entends pas. Je suis âgée, mais pas sourde.) Céline tournerait ça en dérision : elle dirait que la seule chose qui évoque le printemps chez elle, c'est son acné hormonale qui s'emballe et qui la fait bourgeonner. Quant à David, je sais que ça le mettrait affreusement mal à l'aise, qu'il paniquerait, parce qu'il ne saurait pas quoi répondre ni quel regard adopter ; alors il deviendrait tout rouge sous son masque et changerait très vite de sujet.

Il n'empêche. Ils sont mes printemps à moi et ils arrivent alors que je ne m'attendais plus qu'à des hivers. Ils illuminent tout et me réchauffent chaque jour.

Dieu que la vie est jolie au printemps !

Damien et Hugo

« T'es là ?

— Yep.

— Tu fais quoi ?

— Jsuis posey avec les jumeaux, on chill sur le canap et on mange.

— Chill, je connais : ça veut dire qu'on se détend, mais pourquoi t'écris "posey" et pas "posé" ?

— Comme ça. C'est plus stylé.

— C'est un peu crétin, non ?

— Non. Ça s'fait de mettre des terminaisons en ey. C'est stylé, j'te dis.

— Styley ? ☺

— Si tu veux. On mange des hamburgers, des frites et on boit du coca.

— Hamburgers maison ? ☺

— Non, des vrais. C'est la voisine qui a commandé ça pour tout le monde.

— Commandey ? ☺

— T'es lourd.

— Pardon. Donc la voisine, c'est la vieille dame ?

— Non, l'autre, la jeune.

— Celle qui est peufra ?

— Bravo, tu te souviens ! Peufra, c'est “frappe” en verlan.

— Ah ok, c'est une métaphore guerrière. De mon temps, on disait une bombe ou un canon, mais bon, c'est la préhistoire pour toi...

— Ben t'es pas si vieux !

— Merci, je suis touché. Non... touchey ! ☺ »

Jour 28

Esther

L'autre soir sur le balcon, il s'est passé encore autre chose. Pas seulement à cause des hamburgers et du champagne de Manava, ni de l'ambiance particulière instaurée par les chandeliers de Céline. Ou plutôt grâce à tout cela.

Comme souvent, Manava a fait une apparition remarquée vers 20 heures en tenue du soir (rares sont les femmes qui revêtent une robe charleston rose très courte, rehaussée de plumes blanches, pour venir applaudir les soignants sur le balcon). Céline a voulu savoir d'où venait cette manie de toujours vouloir être « incroyable et spectaculaire » tout le temps. (Ce qui est troublant, c'est que Céline fait exactement l'inverse : dans sa manière de s'arranger et de se vêtir, on dirait qu'elle fait tout pour se faire oublier, pour devenir la plus monochrome et transparente possible.)

Au début, comme souvent, la Petite s'est renfrognée. Elle ne voulait pas raconter. Il n'y avait rien à dire. Elle préférait juste boire quelques verres de vin et nous raconter les mésaventures de sa rivale Trishia sur le tournage de *L'île de l'amour*. Elle répétait obstinément qu'il n'y avait rien à savoir, que ce n'était pas intéressant, qu'elle était « comme ça, et puis voilà ».

Les jeunes gens d'aujourd'hui ont une expression qui dit : « On ne lâche pas l'affaire. » C'est ce que nous avons fait, ce soir, Céline et moi. Nous n'avons « pas lâché » la Petite, qui a fini par demander en riant : « Mais qu'est-ce que ça peut bien vous faire, pourquoi je suis comme ça ? » Céline a répondu en riant : « Mais qu'est-ce que tu crois, tu nous intéresses beaucoup, voilà ! Pas vrai, Esther ? »

Un pronom personnel. J'ai été institutrice. J'ai enseigné la grammaire et les subtilités de la langue française. Céline avait dit « *tu* nous intéresses », pas « ça nous intéresse. » Un pronom personnel plutôt qu'un pronom démonstratif neutre. Nous ne nous intéressions pas au personnage de Manava, à ce phénomène générationnel qu'elle semblait représenter, et même pas au rôle exubérant qu'elle jouait à merveille : nous nous intéressions juste à *elle*.

La Petite est intelligente et sensible : elle a très bien saisi la nuance, et ça a eu l'air de la troubler. Céline s'est accoudée à la balustrade et a allumé une cigarette, et moi, je me suis calée sur ma petite chaise en fer. Nous avions tout notre temps. Manava a haussé les épaules et a commencé son récit.

> « Je sais très bien d'où ça vient, tout ça, je suis pas conne et j'ai pas besoin d'aller raconter ma vie chez un crétin de psy. C'est juste que j'ai pas envie de m'en souvenir, ça me saoule et ça me fait de la peine d'y penser. Je sais qu'au fond de moi, j'aimerais bien que tout

ça n'existe pas, mais voilà, c'est là, et je peux pas m'en débarrasser. »

Céline et moi, nous nous sommes tues : nous sentions toutes deux que le moment était important pour la Petite. Céline a rapproché sa chaise de la balustrade qui nous sépare et, comme à son habitude, elle s'est assise à califourchon, les bras croisés sur le dossier. Je ne voyais presque plus son visage à cause de l'obscurité qui descendait, mais je sentais qu'elle écoutait avec attention.

La Petite regardait obstinément de l'autre côté de la rue. Elle se tenait très droite, et j'ai deviné que ses mains serraient fort la rambarde.

« C'est un peu comme mes cheveux, vous voyez, je me fais chier à les lisser tous les jours. C'est un boulot énorme. Mais j'ai beau m'appliquer, j'ai beau passer et repasser ce putain de fer sur chaque longueur, jusqu'à ce que ça sente le chaud, jusqu'à ce que mes mèches se transforment en un truc raide, brillant et presque synthétique comme les cheveux d'une poupée, ou ceux de Kim… bref, j'ai beau faire tout ça tous les jours, tout le temps, il y a toujours un moment où ça me rattrape.

En vrai, je suis super frisée, quand il y a de l'humidité, je suis en galère. Vous vous souvenez de l'autre soir ? Mais je fais super attention. J'ai pas envie qu'on me voie comme ça, alors j'ai mes stratégies : je m'isole pour rattraper les dégâts (j'ai toujours un fer à lisser portable dans mon sac), et personne ne sait quelle est ma tête au naturel. Sauf moi, bien sûr, mais ça, ça me regarde. »

Elle s'est arrêtée un long moment, semblant hésiter à poursuivre. Céline et moi ne savions pas bien où elle voulait en venir avec cette histoire de cheveux, mais nous sentions confusément que c'était important pour elle, qu'il y avait quelque chose qui faisait « partie d'elle » et qu'elle n'avait confié à personne jusqu'à ce soir. Dans la « presque nuit », sa voix n'était plus qu'un murmure.

> « En vrai, je le sais très bien pourquoi je suis chiante, à toujours vouloir être incroyable, remarquable et mieux que les autres. Je sais pourquoi je veux être "la seule", celle qu'on préfère. C'est juste que ça me sert à rien de savoir pourquoi. C'est comme ça.
>
> Ça remonte à longtemps. À quand j'étais pas Manava. J'étais juste moi, Aurélie, une petite fille. J'avais rien de spécial ; j'ai pas de photos, de toute façon, mais je me souviens que j'étais une petite brune maigrichonne, avec de grands yeux marrons et les dents un peu de travers. À l'époque, je devais avoir six ou sept ans, j'étais en foyer. C'est là que j'ai passé toute mon enfance, et c'est là que j'ai grandi. C'était pas génial, mais c'était pas pourri non plus. J'étais pas vraiment malheureuse. Ni vraiment heureuse non plus, faut pas exagérer. J'étais comme tous les gamins en foyer, je crois. J'attendais.
>
> De temps en temps, il y avait un de nous qui quittait le foyer, qui trouvait une famille d'adoption, et même si c'était très rare, on en rêvait tous. Bien sûr, les bébés étaient les plus demandés, et on savait que, plus le temps passait, moins on avait de chances de trouver un jour une famille.
>
> J'avais une copine qui s'appelait Camille. Elle avait un an de plus que moi, de beaux yeux bleu clair et des jolis sourcils arqués, qui lui faisaient comme un air étonné. Elle ressemblait aux filles des dessins animés japonais. Elle était réservée, un peu timide, et elle devenait toute rouge dès qu'un adulte s'adressait à elle. Moi, j'étais

plus fofolle et plus bavarde. Les éducateurs de l'institut m'appelaient "l'embrouilleuse", parce qu'il fallait toujours que je tienne tête aux adultes. J'en avais déjà rien à faire.

On s'entendait bien, Camille et moi : j'étais plutôt la cheffe, et elle me suivait. Je me souviens qu'elle se faisait du souci à cause de sa timidité : elle pensait que ça l'empêcherait de trouver une famille d'accueil et que personne s'intéresserait à elle. Moi, je faisais ce que je pouvais pour la rassurer. Je lui disais que je la laisserais pas seule et que, de toute façon, lorsque je serais adoptée, je saurais bien me débrouiller pour que la famille nous prenne toutes les deux. J'étais pas "l'embrouilleuse" pour rien : je savais trouver les mots, et Camille, comme d'habitude, elle me faisait confiance.

À cette époque, on avait chacun nos rêves. Ceux qui étaient pas officiellement abandonnés par leurs parents, mais confiés à l'institution, rêvaient d'un retour à la maison. Ceux, comme moi, qui étaient nés sous X, rêvaient d'une adoption. Mais tous, on y croyait grave : on était sûrs qu'un jour, nos vies changeraient, qu'il se passerait quelque chose de trop cool, qu'on viendrait nous chercher et que tout s'arrangerait.

De temps en temps, on était en contact avec le monde extérieur. Y avait des éducateurs réguliers, bien entendu, mais aussi des intervenants qui venaient pour une visite, pour un truc spécial, comme un spectacle, une enquête, une vaccination. On était trop jeunes pour savoir à chaque fois qui étaient ces personnes qui nous rendaient visite, mais dans nos tronches d'enfants, ce lien avec l'extérieur, c'était une chance : ces gens étaient susceptibles de nous sauver. Peut-être que, parmi eux, il y avait quelqu'un qui allait nous choisir, nous emmener et changer notre vie.

Une fois, il y a eu une infirmière qui est venue quelques jours pour vérifier les vaccins de tout le monde, je crois... Je me souviens plus exactement, mais pendant quelques semaines, elle était là le lundi et le mardi. Elle était super gentille, et direct, Camille et moi, on l'a adorée. On trouvait toujours un prétexte pour venir à l'infirmerie quand elle était là, et elle, trop cool et sympa, elle nous renvoyait pas. Au contraire, elle discutait avec nous, nous posait des questions et s'intéressait à nous. On lui faisait des dessins, et chaque semaine, on lui montrait nos carnets de notes. Une félicitation, un encouragement d'elle, et on était comme des dingues pour la semaine !

Un jour, elle avait glissé, comme ça, qu'elle adorait la musique. Alors toute la semaine suivante, on avait décidé de lui faire une surprise et de lui chanter une chanson. En fait, on avait tellement envie de lui plaire que je crois que si elle nous avait dit qu'elle aimait les cheveux courts, on se serait rasé la tête direct, dans l'instant. Je me souviens de la chanson : c'était Amel Bent, *Ma philosophie*.

Camille et moi, on était à fond. On hurlait "viseeeeeeer la lune" toute la journée, on répétait le soir devant le miroir de la salle de bain, on avait même mis au point une petite danse ! On s'était mises d'accord pour chanter à tour de rôle un couplet, et puis on faisait le refrain ensemble. Camille chantait bien, elle avait une jolie voix. Moi, je chantais moins juste qu'elle, mais j'y mettais vachement d'enthousiasme, je me croyais à la Star Academy : je dansais, je faisais le clown, et ça passait crème, je remportais mon petit succès.

Le lundi suivant, l'infirmière est venue travailler, et on s'est débrouillées pour filer à un moment à l'infirmerie lui faire notre petit show. Comme toujours, elle nous a écoutées et regardées en se marrant. Au fond de nous, tout ce qui comptait, c'était de lui plaire. Manque de bol, ce jour-là, Camille, trop émotive, impressionnée et toute rouge, a même pas réussi à articuler un mot de la chanson. Moi, je m'en suis tirée, comme d'hab, j'ai chanté pas trop juste, mais j'ai fait le show. L'infirmière était morte de rire, elle a dit que j'étais de la graine de star. Elle a aussi embrassé Camille qui boudait, en lui disant que c'était pas grave d'être timide, qu'elle était jolie quand même et qu'elle devait pas s'en faire. »

Manava s'est interrompue pour faire une pause et boire une gorgée de vin. Céline en a profité pour allumer une cigarette, puis la Petite nous a raconté la fin de l'histoire.

L'infirmière termina sa mission au printemps, et quelques temps après, il se produisit un évènement inattendu : Camille fut adoptée. En juin, elle quitta l'institution avec une nouvelle famille. Dans son esprit d'enfant, la petite Aurélie/Manava se persuada que son amie Camille avait été adoptée par l'infirmière qui leur avait témoigné tant d'intérêt lors des mois précédents. Elle fut sonnée par cette trahison.

Comment avait-elle pu ne pas être choisie, elle qui avait pourtant si bien chanté, elle qui n'avait pas hésité à danser et qui s'était tant appliquée ? Elle qui faisait toujours de si beaux dessins et qui était si fière de lui présenter son carnet avec les meilleures notes ? Que s'était-il passé ? Pourquoi avait-elle été écartée ?

Elle fut doublement touchée. De l'abandon, même involontaire, de son amie Camille, mais surtout, elle souffrit affreusement, terriblement, de ne pas avoir été choisie par l'infirmière et de ne pas en comprendre la raison. Elle se posa mille questions, se compara, se mesura, s'autoévalua, sans jamais comprendre sur quels critères elle avait bien pu être écartée. Qu'avait-elle bien pu faire ou dire, à quel moment avait-elle été « trop » ou « pas assez » ? Qu'avait donc bien pu avoir Camille de « plus » ou de « moins » qu'elle ?

Rien ne la raisonna, aucun éducateur ne parvint à ôter de son âme d'enfant l'idée que son amie avait été adoptée par l'infirmière, et pas elle. On lui expliqua que Camille était partie avec une autre famille, qu'il n'y avait eu aucun « choix » et juste des histoires de « dossiers », rien n'y fit. La Petite était effondrée. Elle ne revit jamais son amie, et l'infirmière ne revint pas.

Durant les années qui suivirent, Aurélie/Manava ne fut pas non plus « choisie ». Au contraire. Plus le temps passait, et moins elle intéressait les familles adoptantes potentielles. Pourtant, elle ne se résignait pas. Elle réfléchissait, elle s'interrogeait. Qu'est-ce qui faisait qu'un jour, certains enfants partaient, le sourire aux lèvres, et que d'autres restaient obstinément derrière la vitre, à agiter la main ? Elle ne savait pas encore que cette question allait la hanter.

Dans la nuit qui tombait doucement, le vent faisait voleter les petites plumes de son incroyable robe charleston. Elle m'a fait penser à un oisillon tombé du nid.

Damien et Hugo

« Tout va bien ?

— Yep.

— Plus de mal au ventre ?

— Nan. Mais ça va revenir : Mum se prend toujours pour une cuisinière.

— Ah, ça ne m'étonne pas. Tout le monde cuisine pendant ce confinement, on dirait. Vas-y, raconte.

— Elle a maté une émission de cuisine d'un keum anglais et elle a fait un truc tout pourri. Du banana bread.

— Ah, mais je connais ça. C'est très bon, normalement ; j'adore la banane, moi.

— Le truc, il a gonflé, il est sorti du moule, et cé tout retombé, partout : on dirai kil a une vie à lui et kil veut son indépendance.

— Ah ah ! Genre il dit "j'men balek et je me casse !"

— Euh...ça fait bizarre ke tu parles comme ça. C'est ton Théo qui t'apprend ça ?

— Désolé. Je crois que ce virus me fait faire une poussée de langage juvénile. Bon, ça ressemble à quoi, du coup, le gâteau à la banane ?

— Chais pas trop ; un peu kom un caca de tricératops.

— Dis donc, tu as déjà vu un excrément de dinosaure, toi ?

— Ok. Attends, je t'envoie la photo.

— Bien reçu. Effectivement, c'est assez ressemblant ☺ »

Jour 29

David

La vie suit son cours. C'est une période tellement bizarre que je me demande parfois si tout ça est bien réel.

Je suis passé voir Esther. J'ai trouvé qu'elle faisait de plus en plus de progrès. C'est assez étonnant, mais visiblement, sa collaboration avec Mavrana donne des résultats. En revanche, je suis un peu inquiet, parce qu'elle m'a dit qu'elle avait un peu mal au ventre et la diarrhée. Des symptômes d'une gastro ou d'une intoxication alimentaire. Je lui ai demandé si elle avait mangé quelque chose de particulier : elle m'a parlé d'une soirée hamburger-frites-champagne organisée l'autre soir. Pas étonnant qu'elle soit malade avec un tel régime alimentaire, surtout si elle n'a pas l'habitude ! Et puis, si j'ai bien compris, c'est quelque chose qu'elle s'est fait livrer, or avec ce genre de restauration, on n'est jamais à l'abri d'une intoxication...

Esther ne veut rien entendre : elle assure que ce n'est rien du tout, juste une petite crise de foie, et que ce n'est pas le premier hamburger de sa vie qui va la terrasser. Je ne suis pas rassuré pour autant. À son âge, tout de même, il faut être prudent (j'ai fait très attention de ne pas dire qu'elle était vieille et elle a semblé apprécier). De toute manière, je n'ai pas vraiment les moyens de faire plus, surtout en ce moment. Dans le doute, j'ai été demander à Manavra de la surveiller et j'en ai profité pour lui rappeler les recommandations d'usage.

Pour moi, ça reste compliqué de communiquer avec cette fille. On ne peut pas dire qu'elle semble contente quand je vais sonner à sa porte : à chaque fois, elle prend un air déçu. Pourtant, j'ai à peu près essayé toutes les combinaisons regard/sourire/mouvement de tête possibles. C'est une personne qui ne rentre pas dans mes fiches. Sûrement qu'avec toute la chirurgie esthétique qu'elle a faite, ça a dû brouiller quelque chose au niveau du codage : je ne vois pas d'autre explication.

De mon côté, je n'accroche pas trop avec elle. Je me demande comment Esther fait pour être si attachée à elle. Je lui ai posé la question, mais elle m'a juste répondu que, derrière tous ces artifices, il y avait une jeune fille un peu fragile. Ça m'étonnerait bien qu'elle soit fragile : je le vois rien qu'à sa façon de me parler, de me regarder (c'est un regard que je n'ai pas répertorié, mais je sens bien qu'il est hostile). Et puis c'est une géante avec ses talons, et moi, ce que je ne supporte pas, c'est qu'on me regarde de haut.

Je ne suis pas grand, c'est vrai. On pourrait même dire que je suis petit. Très exactement, la distance entre mes pieds et mon cerveau est de 1,69 m. Je pourrais tricher, dire 1,70 m, mais si la vie a été assez mesquine pour me chipoter ce centimètre, de mon côté, je tiens à être grand seigneur, ou plutôt « petit seigneur », et à porter fièrement ma taille. Bien entendu, ce jeu de mots n'est pas de moi : c'est Esther qui me l'a soufflé un jour, en m'expliquant l'expression. Je l'ai noté dans mes fiches, à la rubrique « Ironie autorisée ». Esther dit que tout est autorisé quand on se moque de soi-même et rien quand on se moque des autres.

Pour en revenir à cette histoire de taille, je dois reconnaître que c'est assez ennuyeux dans la vie. Les deux cas de figure où ça me pose le plus de problèmes sont :

1) au supermarché, pour attraper mes céréales, parce qu'ils mettent toujours les mueslis sans sucres ajoutés tout en haut ;

2) dans mes relations avec les filles. Ma grande sœur Delphine dit qu'en termes d'expérience, j'ai une licence en échecs amoureux et un doctorat en râteaux (l'expérience « Aïssa » confirme sa théorie).

Bien entendu, cette affirmation est complètement fausse. J'ai fait une formation d'aide-soignant à l'IFSI du centre hospitalier de Bobigny, mais ma sœur m'a expliqué que c'est une sorte de métaphore humoristique, le genre de choses où, même si l'on n'a pas compris, il convient de faire le sourire n° 2 et de hocher la tête. J'ai inscrit cette autre blague dans ma liste « Ironie autorisée ».

Bref, parmi toutes les copines de Marion qui se sont affranchies du patriarcat en se laissant pousser les poils des aisselles, en faisant des clitoris en pâte à sel et en parlant de leurs règles en plein déjeuner de famille, je n'en ai jamais rencontré une qui soit déconstruite au point de tomber amoureuse d'un mec de 1,69 m. C'est toujours pareil. Au moment de rafler la mise, c'est toujours le hipster grand et baraqué à la chemise de bûcheron qui gagne et qui part avec la jolie fille.

Bien qu'elle ne ressemble pas du tout à Marion et à ses copines, Marvana n'échappe pas à la règle : elle me regarde de haut. De très haut, même, parce qu'elle a toujours des chaussures hideuses, qui ont l'air affreusement inconfortables, avec des talons immenses. Ça ne m'aide pas à bien entamer la conversation ; au contraire, ça me met mal à l'aise.

Alors, quand j'ai été la voir, j'étais tellement nerveux que je me suis trompé dans mon expression, j'ai fait le regard n° 5 avec le sourire n° 3, ce qui signifie qu'on est à la fois super étonné et très cordial. Forcément, j'ai bien vu que ça ne marchait pas. Elle m'a regardé en haussant les sourcils (enfin, en haussant les deux traits épais de feutre noir qui lui servent de sourcils) et, comme à son habitude, elle a croisé les bras sur ses gros seins et n'a pas répondu. Allez enchaîner après ça !

> « Euh... bon, O.K., Mavrana, je voulais juste vous dire qu'Esther progresse super bien. Bravo ! Et je voulais vous signaler aussi qu'elle semble avoir quelques problèmes digestifs. Ça peut être aussi dû à quelque chose qu'elle aurait mangé et qui ne serait pas passé. Elle m'a parlé de votre petit dîner d'hier, alors ce serait bien que vous puissiez la surveiller.

Durant quelques secondes, elle a paru ébranlée et un peu inquiète.

> — Ah ? D'accord, mais... qu'est-ce que je dois faire ? Elle est malade, Esther ? »

J'ai tenté de la rassurer (regard n° 5) : je lui ai expliqué qu'il était fréquent que les personnes âgées soient très sensibles au moindre changement alimentaire et qu'il n'y avait pas lieu de s'inquiéter, qu'il fallait juste être attentive. J'ai aussi ajouté qu'il fallait toujours respecter les gestes barrières, bien entendu, afin d'éviter tout risque de contamination. En un instant, elle a repris son assurance et sa morgue.

> « Ah O.K. Au cas où ça t'aurait échappé, mec, on est voisines, on habite dans des appartements séparés, on se parle par balcon interposé, on n'organise pas de partouze, figure-toi... »

En temps normal, j'arrive de mieux en mieux à repérer quand les gens font de l'humour ou du second degré, et même si ça m'est hermétique, je sais qu'il faut adresser un signal qui montre qu'on apprécie la plaisanterie. La plupart du temps, il suffit de faire le sourire n° 2 et de hocher un peu la tête. Mais là, j'étais impressionné, mon radar n'a pas du tout fonctionné et j'ai répondu à côté de la plaque :

> « Je sais que... euh... vous n'avez pas de rapports sexuels à plusieurs avec une vieille dame, et puis, de toute façon, c'est le confinement. Enfin... je veux dire... vous faites ce que vous voulez, mais je ne pense pas qu'Esther soit d'accord. Enfin... elle fait ce qu'elle veut, mais elle a une fracture du col du fémur. Enfin... en théorie, ça n'empêche pas, mais, euh... il faut rester confiné. Les gestes barrières... Enfin, vous voyez, quoi...

Elle m'a regardé comme si j'étais un débile profond.

> — Euh... mec, je rigole, détends-toi. Sérieux, tu as cru quoi ? »

J'ai bien senti que je perdais encore plus les pédales. Du coup, mon visage est resté complètement figé, sans aucune expression. Alors, pour éviter de m'enfoncer davantage et de faire une tête non appropriée, j'ai fermé les yeux et j'ai remis mon masque :

> « Je vous demande juste d'être attentive et d'éviter tout contact. Au cas où vous auriez le moindre doute, je vais vous donner mon numéro de portable. »

Une fois de plus, elle a haussé les épaules, puis elle a sorti son smartphone pour enregistrer mon numéro. Je n'ai pas osé poser la question, mais je me suis demandé comment elle faisait pour se servir d'un téléphone avec des ongles aussi longs. J'en parlerai à Esther.

Ça m'a perturbé : ils sont vraiment HYPER longs !

Manava

La vie suit son cours.

C'est une période tellement bizarre que, parfois, je me demande si tout ça c'est pas une putain d'émission de téléréalité en caméra cachée, un truc monté de toutes pièces par les producteurs de *L'île de l'amour*. J'avoue que ce serait vraiment tordu, mais très fort, comme concept. Mais ça nécessiterait un énorme budget pour immobiliser tout le pays, et je suis pas sûre que ce serait possible.

Je continue à surveiller de près le compte Instagram de cette salope de Trishia. À Niort City, rien de neuf, elle a toujours l'air de s'ennuyer royalement, avec sa grosse mère trop moche et son affreux caniche orange. En observant bien, j'ai eu la joie de constater qu'elle semblait commencer à avoir de sérieux problèmes de peau. De l'acné, sûrement, parce qu'elle doit pas pouvoir se rendre à ses RDV de dermato ni d'esthéticienne. J'ai bien vu qu'elle faisait ce qu'elle pouvait pour cacher ses boutons naissants sous son maquillage, et ça m'a remplie de joie. Elle continue à faire ses photos de bouffe dégoûtante, des plats qu'elle fait avec sa mère, en mettant des commentaires idiots « miam, trop bons » et des hashtag #pornfood, #gourmandise #régal... Tu parles !

Ce qui m'a trop gonflée, aussi, c'est que j'ai vu qu'elle avait posté des photos d'elle et de sa mère. Elles se tiennent serrées et font des grimaces à l'objectif ; elles rigolent. Sur une des photos, cette salope de Trishia est derrière sa mère, elle a passé sa main autour de ses épaules, et on dirait qu'elle la serre fort. Sa mère a le visage tourné vers sa fille, et elles se regardent en souriant. On dirait qu'elles en ont rien à foutre du monde et des autres, et que tout ce qui est important, à ce moment, c'est qu'elles se regardent et qu'elles sourient.

D'un point de vue technique, la photo est trop moche, mal cadrée ; on voit la porte du frigo en fond, et les couleurs sont dégueu. La honte ! N'importe quelle influenceuse dira que le fond, c'est la première chose à vérifier. Pourtant, cette photo, j'arrive pas à m'empêcher de la regarder, j'y reviens tout le temps et je sais pas pourquoi, quand je la regarde, ça me fait quelque chose de bizarre, ça me serre dans la poitrine. Bien plus profond que mes prothèses. J'ai à la fois le cœur qui bat fort et je peux presque plus respirer. Et après, je me sens triste, tellement triste que ça me fait monter des putains de larmes aux yeux. Alors ensuite, pour me venger, j'ai été mettre un commentaire sous la photo de sa pizza au chorizo et au pepperoni. J'ai écrit « Bravo, très joli selfie ! »

L'infirmier qui ressemble à un campeur fou est passé voir Esther. Il s'appelle David : un prénom à dormir sous une tente et à porter des Pataugas. Je connais des mecs comme ça. Parfois, sur les tournages des émissions, y a des techniciens qui ont ce genre de look. Généralement, c'est des mecs qui disent des phrases comme : « Là, tu vois, je fais encore la prise de son sur cette émission et puis après, j'ai un projet, je pars faire un court métrage sur un groupe qui fait du djembé en Patagonie. »

Enfin, lui, il est carrément chelou, parce que, même en stagiaire sur un tournage, je pense qu'il ferait peur à l'équipe entière. Il fait des putains de grimaces : on dirait toujours soit qu'il souffre, soit qu'il va exploser, soit qu'il se retient de rire. Au début ça me faisait flipper, mais maintenant que j'ai compris qu'il était inoffensif, je me contente de le regarder avec la même expression que Kim, quand elle se concentre avant un shooting.

Il m'a dit qu'Esther se sentait pas très en forme et que je devais être attentive. Je suis restée droite et classe, comme Kim quand on la maquille, mais à l'intérieur, ça m'a fait comme un petit coup de froid. Le mec m'a filé son numéro de téléphone en me disant de le prévenir si ça allait pas. Il a parlé d'une crise de foie, d'un « embarras gastrique ». J'arrive pas à savoir si c'est une combine pour me draguer ou si Mamie Nova est vraiment malade.

Dans le doute, j'ai quand même enregistré son numéro. Il a refait une tête bizarre, il a fermé les yeux et il a remis son masque. Même si on se parle toujours à plus d'un mètre cinquante de distance, je préfère quand même quand il le remet.

Ça m'a un peu perturbée : il est quand même super chelou !

Damien et Hugo

« Tu tiens le coup, Fils ?

— Bof. Cé long.

— Je sais. Mais dis-toi une chose : on est en train de vivre quelque chose d'exceptionnel, de jamais vécu. Toi, quand tu seras vieux, tu auras un truc incroyable à raconter à tes petits-enfants. Tu prendras ta voix de vieux sage et tu leur diras : "Ah, mais moi, mes enfants, j'ai vécu le Grand Confinement de 2020, ça rigolait pas à l'époque !" ☺

— Cimer. Ça me console trop.

— Allez, détends-toi. T'as mangé quoi aujourd'hui ? Un gratin de légumes ?

— Mum a fait une sorte de tarte aux pommes.

— Très bien. Tu vois, elle retrouve la raison et fait des choses plus traditionnelles, c'est bon signe. Et j'adore la tarte aux pommes.

— Bof. Komme sa voisine peufra lui a monté la tête sur le gluten, elle a fait une tarte sans farine et sans beurre.

— Ben, ça s'appelle une pomme au four, ça.

— Yep.

— Ça aussi, tu pourras le raconter à tes enfants.

— J'veux pas passer pour un mytho. Ils me croiront jamais. »

Jour 30

Esther

Il est en train de se passer exactement ce que je ne voulais pas : la Petite et Céline se font un sang d'encre pour moi. Je suis fâchée que David leur ait parlé de mes petits soucis de santé. Je suis sujette aux gastros et aux crises de foie depuis toujours : je me connais bien, je vis avec mon corps depuis quatre-vingt-six ans. Déjà petite fille, j'étais l'une de ces enfants qui ont toujours mal au ventre. Je sais quand je suis malade, je reconnais bien mes symptômes, et il y a belle lurette que je ne m'en inquiète plus. Et puis, je ne veux pas que la Petite culpabilise et pense que c'est à cause de son dîner hamburger-champagne. C'est moi qui suis fragile ; il n'y a pas lieu d'en faire toute une histoire ! Quelques jours de diète après ces agapes me feront le plus grand bien.

En attendant, je vois bien que, malgré mes dénégations, mes voisines s'inquiètent, et ça me déplaît. Ce n'est pas ainsi que les choses doivent se passer. Moi, je m'inquiète pour

Céline, parce que je vois bien qu'elle est fatiguée, seule, et que ses boutades cachent une réelle anxiété face à l'avenir. Parce que, même si je suis à distance, de mon balcon, je distingue parfaitement ses cernes sous les yeux et ses mains qui tremblent un peu, parfois, le soir, quand elle évoque son avenir et la crise qui s'annonce.

Je m'inquiète aussi pour la Petite, bien entendu, qui fait la fière tout le temps et qui se vante de « n'en avoir rien à faire de personne ». Elle gagnerait tant à laisser tomber cette armure trop grande et trop lourde pour elle, dans laquelle est enfermée une petite fille triste, qui aurait juste besoin d'être consolée un instant.

Pour rassurer mes chères voisines, je fais comme si de rien n'était, et c'est presque vrai : hormis ces problèmes digestifs passagers et ce petit mal de ventre, tout va bien. Je me sens un peu fatiguée, mais j'ai quatre-vingt-six ans, et rien n'est plus normal que de manquer parfois d'énergie à mon âge. Alors j'insiste auprès d'elles pour que l'on continue à papoter et à échanger. Je leur ai promis que, si je sentais la moindre aggravation, je leur dirai.

Voilà pourquoi, même si j'ai un peu mal au ventre, je tiens à maintenir nos rendez-vous informels et je savoure mon café sur le balcon, tôt le matin, chaudement emmitouflée dans une couverture. Parce qu'il ne s'agirait pas de prendre froid, soyons raisonnables !

Se couvrir pour ne pas attraper froid ? Si seulement cela pouvait donner des idées à Manava !!!

Céline

Il est en train de se passer exactement ce que je ne voulais pas : « ça » ne ressemble à rien. Ou plutôt si, on dirait une grosse flaque informe. La recette disait qu'il fallait disposer des petits tas espacés sur la plaque. C'est ce que j'ai fait, et à la cuisson, tout s'est étalé en une grosse masse. Si même mes cookies refusent de faire de la distanciation sociale, je ne réponds plus de rien.

C'est dommage, parce que, depuis quelques jours, Esther ne nous fait plus de pâtisseries. Elle a l'air fatiguée. Elle dit qu'elle a mal au ventre, pas beaucoup, mais un peu. Et puis je la trouve pâle. Elle nous assure que ce n'est rien, qu'elle est sujette à ce genre de désagréments depuis toute petite, que c'est normal d'être fatiguée au sortir du printemps. Ce qui me perturbe, c'est que je me dis que nos apéros quotidiens à base de Viognier ou, plus récemment, notre dîner burger-champagne ne sont peut-être pas étrangers à cela. Je culpabilise un peu, car on aurait dû penser que l'organisme d'une vieille dame n'est pas forcément prêt à supporter ce genre de changements de régime alimentaire.

De son côté, je sens bien que Manava, aussi, est déstabilisée et inquiète. Depuis trois jours, elles ne font plus les exercices de rééducation sur le balcon, parce que ça fatigue trop Esther. Alors elles restent tranquilles, chacune assise sur une chaise, de part et d'autre de la herse, et elles discutent, à la cool.

Rester tranquillement assis sur une chaise ? Si seulement ça pouvait donner des idées aux jumeaux !

Manava

Il est en train de se passer exactement ce que je voulais pas : Esther est en train de lâcher la gym. Depuis quelques jours, elle se plaint qu'elle est pas en forme, qu'elle est fatiguée. Elle dit qu'elle préfère parler. Alors on s'assoit comme des mémés, chacune sur nos chaises. Moi, je me fais les ongles ou je m'épile les jambes à la pince. C'est long, mais j'ai le temps.

Elle m'explique ses expressions du siècle dernier, et je fais des efforts pour pas rigoler. Genre : elle m'a dit que quand ils étaient jeunes avec son mari, « ils n'avaient pas un sou vaillant » et qu'ensuite, elle avait un peu flippé, parce qu'ils avaient eu une période où « ils brûlaient la chandelle par les deux bouts. » Sérieux. Tout ce cirque pour dire qu'ils étaient fauchés et qu'ensuite, ils avaient flambé...

Moi, de mon côté, je lui raconte mes histoires de réseaux sociaux. Je pense qu'elle y pige rien, mais elle fait genre ça l'intéresse. De toute façon, depuis que je lui ai appris à passer des appels en visio, elle a l'impression de maîtriser toute la communication 2.0. Par exemple, je lui parle de ma chaîne YouTube, et elle me dit : « Oui, c'est comme un appel avec les images, mais pour plusieurs personnes en même temps. » Ensuite, je lui parle d'Instagram, et elle me dit : « Ah oui, comme un appel avec les images, mais ça ne bouge pas. »

Aujourd'hui, je lui ai expliqué le principe des vidéos TikTok, et elle a trouvé que c'était pareil que ses appels vidéo à elle, mais avec des images en boucle. C'est dingue, quand même, le retard qu'elle a ! On dirait qu'elle vit au siècle dernier. Je lui dis que, quand tout ça sera fini, on sortira, et je l'emmènerai faire plein de choses.

Quand elle a envie de se griller une cigarette, Céline nous rejoint, de son coté du balcon. Elle dit qu'elle aussi, quand tout ça sera terminé, elle nous organisera une vraie sortie entre filles, sans gamins, sans contraintes, qu'on boira, qu'on dansera, qu'on fera une fiesta du tonnerre et que, l'espace d'une soirée, on sera des vraies stars. Bref, je ne sais pas encore exactement comment ça va se passer, mais j'ai décidé que le premier jour du déconfinement, on fera la plus grosse teuf de notre vie !

Si seulement ça pouvait donner des idées à la production !

Damien et Hugo

« Salut Dad. Ça va ? Koi de neuf ?

RI12.9.

— Ça veut dire koi ?

— RI1 2.9 = rien. Rien de neuf. Tu connais pas ?

— Nan.

— Bon. Je suis déçu. Je fais des efforts louables pour parler le d'jeuns, je demande à Théo ou je fais des recherches sur Internet et je me rends compte qu'il y a plusieurs dialectes, en fait.

— Ben parle normalement alors.

— Non, mais ça m'amuse d'apprendre ces trucs. YOLO !

— ?

— YOLO = You Only Live Once. On ne vit qu'une fois.

Ça non plus, tu connais pas ?

— Si, je connais. Dad, je voulais te demander un truc. Est-ce que je pourrai allez juste un soir chez ma go ?

— Non, c'est pas possible, mon grand, tu le sais.

— J'ai trop envie, je serai super rapide et discret, promis mon cher papa que j'aime.

— Non. Même si t'es à fond déter, pas question d'y aller en scred ! ☺

— J'y crois pas... T'écris un dictionnaire ou quoi ? Bon, pour ma go, steuplait ?

— Non, mon grand. Tu sais très bien qu'on n'a pas le choix. Ce n'est pas le moment de flancher, il faut tenir bon. Sinon, ça sert à rien, tout ça.

— Peut-être que cé vrai ?

— Que ça sert à rien ?

— Mwé.

— J'en sais rien, Fils. Vraiment. Personne n'est sûr de rien. Mais des tas de gens tombent malades et meurent, et moi, mon job, c'est de faire tout ce que je peux pour essayer de freiner ça et qu'ils vivent. Tu comprends ?

— Yep. Je comprends.

— YOLO Fils... YOLO. Je t'aime. »

Jour 31

Manava

David, le paysan-psychopathe, est revenu sonner à ma porte aujourd'hui. Il a pris l'habitude de faire ça, maintenant, à chaque fois qu'il vient soigner Esther, c'est-à-dire deux à trois fois par semaine, mais ça me dérange plus. Je sais que c'est pour la bonne cause, et puis je flippe trop que l'état de Mamie Nova parte en vrille.

De toute façon, il est pas vraiment psychopathe : il m'a expliqué qu'en fait, il a une sorte de machin bizarre qui déconne dans le cerveau, mais selon lui, c'est pas grave. Bien sûr, j'ai pas tout compris, mais ça a un rapport avec le fait qu'on l'ait aspergé de quelque chose un jour. Du coup, il paraît qu'il y a des trucs qu'il comprend pas bien, comme les blagues, par exemple. Il m'a expliqué aussi qu'il sait jamais comment bien se faire comprendre ou comment exprimer ce qu'il veut dire avec la tête et les expressions du visage. Un peu comme si moi, je voulais dire au livreur Uber Eats que je le trouve trop canon et qu'en fait, je vomissais.

Pour les expressions, je lui ai dit de pas s'inquiéter. Kim K, par exemple, son visage bouge plus à cause du Botox, mais ça empêche pas qu'elle est toujours la plus belle et la plus classe. Je lui ai expliqué ça, mais il m'a dit qu'il connaissait ni Kim ni le botox. Ensuite, il m'a demandé si ça rentrait dans la liste « Humour » ou « Métaphores », et comme je lui ai répondu que non, il a dit qu'il en parlerait à Esther pour savoir s'il devait créer une nouvelle liste.

Bref, il est pas psychopathe. En revanche, il m'a fait flipper, parce qu'il m'a dit qu'Esther avait pas l'air d'aller mieux aujourd'hui. Pas plus mal, mais pas mieux. Il sait pas si c'est normal, si c'est juste une gastro ou une vraie intoxication alimentaire. Il a appelé un numéro pour avoir un médecin à distance, ils ont fait une téléconsultation. Il paraît qu'Esther a bien aimé la webcam : ça lui a fait penser à ses appels avec ses enfants et ses petits-enfants. Elle va devenir une vraie geek ! Le médecin a dit que ça ressemblait à une petite intoxication, quelque chose qu'elle aurait pas bien supporté, qu'il fallait qu'elle reste au lit, qu'elle se repose et qu'elle pense à bien boire, pour éviter la déshydratation. Il a dit qu'il fallait la surveiller et le tenir au courant dans les prochains jours.

« Comment on fait pour la surveiller si on peut pas l'approcher, gros malin ? », j'ai dit à David. Immédiatement, j'ai regretté, parce que, bien entendu, il a pas compris le truc, il est parti dans un délire pour me préciser qu'il était pas gros, qu'il pesait soixante-six kilos, ce qui, pour sa taille, représentait 22,6 d'indice de masse corporelle et qu'il était pas non plus spécialement malin, qu'il avait juste des aptitudes particulières pour certaines choses de précision. Bla bla... Je commence un peu à comprendre comment il fonctionne, alors j'ai juste dit : « STOP ! » Il est devenu tout rouge et il a dit : « O.K., O.K. Regard neutre, expression n° 7. »

En attendant, je sais pas comment on va faire pour surveiller Mamie Nova à distance. Ça m'a tellement remuée que j'ai rien posté sur Instagram aujourd'hui. Céline lui a fait passer de quoi manger par Hugo, elle a fait de la soupe. Enfin, Hugo a dit qu'elle avait mixé un de ses gratins. Ça m'a encore plus démoralisée, parce que si Esther a plus que les trucs de Céline pour se nourrir, ça va pas accélérer sa guérison.

Damien et Hugo

« Ça va mieux, aujourd'hui ?

— Yep. Chuis avec Mum et les jumeaux, on fait des puzzles.

— C'est très bien, ça. Saine activité.

— Non, en vrai, on fait pas des puzzles. Mum a voulu faire des nuggets à midi. Toute la panure s'est barrée. Alors ça fait kom un kit et on reconstitue mdr.

— Ah ah ! Je vous imagine. Tu sais, c'est cool pour moi de te lire tous les jours. Quand j'ai pas le moral, que je suis fatigué, nos petits échanges sont un vrai rayon de soleil. Ça me rassure, ça m'amuse et ça me réchauffe. En ce moment je vois tellement de trucs qui me rendent dingue que j'ai juste besoin de savoir que les gens qui sont importants pour moi vont bien.

— Yep. TKT. »

Jour 32

Céline

C'est la merde. Je ne vois pas d'autre mot.

En fin de matinée, David est passé chez Esther, il l'a trouvé allongée et fiévreuse. C'est vrai qu'hier soir, elle n'est pas restée longtemps sur le balcon. Elle nous a dit qu'elle se sentait fatiguée et qu'elle voulait se reposer.

Ce matin, on ne l'a pas vue comme d'habitude prendre son café en notre compagnie. J'ai vaguement plaisanté en disant qu'Esther se souviendrait de son premier burger, mais j'ai vite arrêté, parce que j'ai bien vu que Manava culpabilise comme une folle de cette soirée. C'est idiot, parce que vraiment, ce n'est pas de sa faute. Comment aurait-elle pu deviner que la vieille dame réagirait si mal à la *junk food* ?

Après, je me suis représenté son organisme d'octogénaire jusque-là préservé, un peu comme ces tribus d'Amazonie qui n'avaient jamais eu accès à la « civilisation » et qui, soudain, se sont retrouvées en contact avec tout un tas de virus et de microbes jusque-là inconnus, et moi aussi, je me suis mise à me sentir mal à l'aise. Est-ce qu'en voulant à tout prix faire découvrir les joies de la malbouffe à Esther, on n'avait pas agi avec beaucoup trop de légèreté ?

David a dit qu'il repasserait en fin de journée et qu'il verrait si l'état de notre vieille amie évoluait. On a passé la journée à guetter notre téléphone au cas où elle nous contacte. Et puis, n'y tenant, plus, à 17 heures, Manava l'a appelée en FaceTime. Esther n'a pas répondu, puis c'est elle qui a fini par rappeler plus tard, mais en appel normal. J'imagine qu'elle n'avait pas envie que Manava la voie défaite et allongée et s'inquiète encore plus. Manava avait mis le haut-parleur pour que j'entende un peu, car la vieille dame avait une voix très faible.

> « Bonjour mes petites. C'est très gentil de prendre de mes nouvelles. Ne vous faites pas de mouron pour moi, je vous en prie. J'ai mangé quelque chose que j'ai mal digéré, c'est tout. Je ne le ferai plus : chat échaudé craint l'eau froide, c'est sûr ! En attendant, je suis très fatiguée, j'ai de la fièvre, des nausées, et j'ai mal partout : ça m'apprendra à faire la jeunette avec vous le soir ! Racontez-moi plutôt comment vous allez, vous ? »

On a un peu raconté, mais en fait, on avait peu de choses à dire, à part des banalités. Je lui ai dit que les jumeaux lui avaient fait un dessin, un dragon qui mangeait des cerises sur une montagne, mais qu'ils avaient renversé leur lait dessus et que, depuis, le dessin séchait sur le balcon. Esther a dit qu'elle aimait beaucoup les dragons et les cerises, puis elle s'est excusée, elle a dit qu'elle devait raccrocher et que, demain, elle irait mieux et qu'elle mettrait la caméra. Elle a ajouté malicieusement : « N'oubliez pas que, maintenant, je suis une Guique ! » On s'est dit que si elle avait encore la force de plaisanter, c'est qu'elle serait bientôt sur pied. Ensuite, Manava est partie faire des vidéos TikTok, et moi, je suis rentrée pour faire de la pâte à modeler avec les jumeaux.

Vers 19 heures, on a reçu un appel de David : l'état d'Esther empirait, la fièvre avait augmenté. Pour plus de prudence, il préférait la faire transporter à l'hôpital, afin qu'elle soit sous observation. En temps normal, nous aurions pu la surveiller, mais avec le confinement, il n'était pas raisonnable de la laisser chez elle toute seule. À 20 heures, à l'heure exacte des applaudissements aux fenêtres, notre vieille amie était évacuée en ambulance.

J'ai essayé de faire sourire Manava en plaisantant un peu : « Tu vois le succès d'Esther, écoute tous ces applaudissements. Désormais, il n'y a pas que toi qui est une star ! » Elle m'a regardée depuis son balcon, elle avait l'air perdue, et j'ai vu que son mascara avait coulé et faisait une petite rigole sur sa joue.

Tout à coup, je me suis mise à avoir un peu froid.

Damien et Hugo

« Quoi de neuf, Fils ?

— Tu sais la voisine ? La vieille ?

— Oui.

— Ben il paraît qu'ils l'ont emmenée à l'hôpital !

— Mince ! Qu'est-ce qui s'est passé ?

— Chais pas. Mum dit que c'est genre une intoxication alimentaire ou un truc comme ça.

— Aïe. C'est quoi, les symptômes ? Nausées ? Vomissements ? Crampes abdominales ? Diarrhée ? Fièvre ? Maux de tête ?

— Euh, j'en sais rien, moi... Je crois que c'est des trucs comme ça, oui. Ça fait quelques jours que ça dure, je crois, Mum en a parlé rapido.

— Bon, si c'est ça, ils ont bien fait de la faire hospitaliser, parce qu'à son âge, les toxi-infections alimentaires ne sont jamais très indiquées : ça peut laisser des séquelles. Mais pas d'inquiétude : à mon avis, ils vont juste faire des analyses plus poussées (sang et urines), et ensuite, ils prendront en compte l'anamnèse générale pour décider de la suite. Dans la plupart des cas, le traitement étiotropique, y compris les antibiotiques, n'est même pas nécessaire. Ils vont lui filer des électrolytes et des hydrates de carbone, des sorbants pour la désintoxication, et voilà.

— Euh... ça veut dire quoi ?

— Ah ah, moi aussi, je me mets à utiliser du charabia ! Bon, dis juste à maman qu'elle ne s'inquiète pas, que c'est normal de l'hospitaliser par rapport à son âge et que, si elle veut, elle peut m'appeler pour me tenir au courant et que je la rassure.

— Ok.

— Juste un truc qui me fait flipper, là, tout de suite.

— Koi ?

— La voisine, elle n'a pas mangé un truc cuisiné par maman, j'espère ?

— Mdr ! Non, TKT.

— Ouf… à la limite, je peux faire des téléconsultations médicales, mais s'il doit y avoir accusations d'empoisonnement et procès, je suis pas compétent : il faut prendre un avocat ! ☺ »

Jour 34

Céline

Maintenant qu'Esther est à l'hôpital, on se retrouve de plus en plus tard sur le balcon, Manava et moi. Bien après les applaudissements, à l'heure où les gens ont dîné et somnolent devant Netflix. Je joue avec les jumeaux, je leur lis quelques histoires de *Petit Ours brun*, je les couche et je vais retrouver Manava. Parfois, il est 23 heures, et on reste jusqu'à minuit, une heure du matin. Je n'arrive pas à dormir et je sais qu'elle non plus. Je la vois emmitouflée sous une couverture. Il aura fallu qu'Esther parte à l'hôpital pour qu'enfin, elle daigne suivre les recommandations de la vieille dame et qu'elle se couvre. D'ailleurs, depuis quelques jours, elle ne porte même plus ses tenues fabuleuses. Je me rends compte que ça me rend triste et que ça me fait un peu peur aussi : s'il n'y a plus les microshorts, les jupes pailletées et les minirobes à plumes dans la nuit, c'est vraiment signe que l'heure est grave.

Elle s'est aussi mise à fumer. Enfin, pour être plus exacte, elle fume mes clopes. C'est presque un jeu, je lui lance le paquet par-dessus le balcon d'Esther, elle en extirpe délicatement deux ou trois cigarettes avec ses gants et elle me le renvoie. D'un point de vue protocole de non-contamination, je ne suis pas certaine que nous soyons irréprochables, mais peut-être avons-nous besoin de trouver un quelconque intérêt à ce balcon entre nous, désormais si tristement vide. Alors nous en avons fait un obstacle à sauter, une épreuve olympique de lancer de paquet de cigarettes sans élan.

David ne passe plus, mais il appelle Manava tous les jours. Il essaie d'avoir des nouvelles comme il peut. Nous, on ne nous en donne pas, parce que les hôpitaux sont débordés en ce moment et que nous ne sommes pas de la famille. Et puis, vu la situation actuelle, je doute fort qu'une intoxication alimentaire soit dans leurs préoccupations premières. Ils n'ont hospitalisé la vieille dame que par rapport à son âge, mais ils doivent avoir bien d'autres chats à fouetter.

Je sais que David fait le relais également avec Béatrice et Marc, les enfants de Mamie Nova, et qu'il fait de son mieux pour les tenir informés par téléphone, mais c'est difficile, et ils ne pourront pas venir en France, de toute façon. Je pense à Esther, si réticente à l'utilisation du téléphone. Elle n'aimerait sûrement pas que ses proches aient de ses nouvelles ainsi. Elle n'aimerait sûrement rien de tout ce qui se passe en ce moment, elle qui déteste qu'on se fasse du souci pour elle.

« Tu crois qu'il va se passer quoi, après ? demande Manava d'une voix rêveuse.

— Après ? Tu veux dire quand Esther sera revenue ?

— Oui. Pas seulement. Je veux dire aussi quand tout ça sera terminé ?

— Eh bien, je suppose que la vie reprendra comme avant.

— Oui, mais pas exactement comme avant, non ? Il y aura sûrement des choses de changées.

— Eh bien, pour commencer, on ne mangera plus JAMAIS de burger, tu ne commanderas plus JAMAIS chez Uber Eats, et je t'apprendrai à faire des gratins de légumes.

— Ah ah, très drôle !

— On se lavera les mains plus souvent.

— Et ?

— Quoi "et ?"

— C'est tout ? »

Elle a l'air déçue, presque en colère. Je sais qu'elle aimerait que je la rassure, que je lui dise que les choses vont changer, qu'on sortira transformées de cette drôle de période, toutes les trois, et que nos vies vont prendre un tour radicalement différent, mais au fond de moi, je n'y crois pas.

« Enfin, Manava, tu veux que je te dise quoi ? On n'est pas dans un stupide film américain *feel good* ! Je ne vais pas perdre quinze kilos et trouver l'amour au coin de ma rue. Tu ne vas pas décider de reprendre des études et devenir avocate au service des enfants abandonnés, tu ne vas pas te marier avec un médecin humanitaire qui ressemble à Bradley Cooper, et Esther ne va pas lancer sa chaîne YouTube de tricot. Réveille-toi ! On restera ce qu'on est, des voisines qui se croisent sur leur balcon quand elles arrosent leurs plantes et qui font de leur mieux pour que leur existence ressemble à quelque chose. »

J'ai dit tout ça d'une traite, un peu en colère, sans trop savoir pourquoi. Ou plutôt si, je sais bien pourquoi je suis en colère en ce moment. C'est très gentil, leurs conneries, les « quand la vie va reprendre » bla bla, mais quand tu n'as pas vraiment de vie, ou alors, quand tu as une vie merdique, tu fais quoi ? « Quand tout ça sera fini », j'aimerais bien reprendre mon travail, mais je ne suis pas certaine d'en avoir encore, et je ne rentre pas dans les catégories du gouvernement pour prétendre à la moindre aide.

La première chose que je vais faire « quand tout sera fini » ? M'inquiéter. Et appeler ma banque. Et flipper encore plus. Je recommencerai aussi à mettre mon réveil à 6 h 50, je recommencerai à secouer Hugo pour qu'il se lève, à courir pour récupérer les jumeaux à la garderie. Je recommencerai à les regarder partir, le cœur serré, un week-end sur deux, dans la belle Audi flambant neuve de leur père (« Tu comprends, j'avais *tellement* besoin d'une voiture qui corresponde enfin à ce que je suis ! »), je recommencerai à observer, agacée, depuis mon balcon, leur jeune et jolie belle-mère les accueillir avec enthousiasme, boucler leur ceinture sur le siège arrière et m'adresser un gentil signe de la main, auquel je continuerai à répondre hypocritement par un vague sourire. Je recommencerai à marmonner « connasse » entre mes dents. Et puis je continuerai à rentrer et je terminerai le paquet de Chocapic oublié sur le canapé.

Manava m'a fait remarquer qu'avec l'évolution de la situation, il était possible qu'Anthony se retrouve obligé d'échanger son Audi TT contre de la farine ou du papier toilette, et cette idée m'a fait sourire.

Il y a autre chose aussi qui commence à m'agacer, c'est toutes ces pétitions, ces tribunes en forme de leçons de morale qu'on voit fleurir un peu partout en ce moment, sur « le monde d'après ». Manava me dit qu'elle ne voit pas le problème, et ça m'agace encore plus. J'ai essayé de lui expliquer :

> « Tu vois, c'est comme quand on est malade, cloué au lit, qu'on souffre et que des gens bien intentionnés viennent t'exhorter à te secouer un peu, tout en te donnant des conseils à base d'huile essentielle de gaultheria. Ou alors, c'est comme quand on souffre d'un chagrin d'amour. Un vrai, celui qui vous flingue, qui vous déchire les entrailles et vous piétine le cœur, et que des amis compatissants veulent vous distraire avec les photos de leur week-end en amoureux ou tiennent absolument à vous présenter quelqu'un pour vous consoler. Au mieux, c'est à côté de la plaque ; au pire, c'est indécent. »

J'ai bien senti que mes comparaisons ne lui parlaient pas. Manava, elle-même, pourrait, sans rougir, donner des conseils sur YouTube pour éradiquer le Sida dans le monde ou pour résoudre le conflit israélo-palestinien au Moyen-Orient si ça lui rapportait des followers. Quant au passage sur les chagrins d'amour, j'ai bien compris qu'elle s'en considérait comme totalement immunisée : « T'es ouf, toi ! Personne me quitte, personne me fait pleurer, moi ! Ça va pas la tête ? »

N'empêche... Quelque part entre un discours de Miss France et les chansons des Enfoirés, toutes ces pétitions ineptes, ces tribunes et ces « appels » sont insupportables, parce qu'ils émanent des gens les moins à même de nous faire la leçon. Ces milliardaires qui vivent dans des villas de six-cents mètres carrés, qui roulent dans des voitures de luxe, ces enfants gâtés globe-trotteurs qui prennent l'avion comme d'autres empruntent le RER A, ces stars ambassadeurs de voitures ou de montres de luxe, ces égéries qui s'affichent sur les Abribus pour nous vendre des sacs à 4 500 € et des rouges à lèvres à base de pétrole veulent nous apprendre la frugalité, lutter contre le consumérisme et travailler à une refonte profonde des valeurs ? Sérieusement ? La frugalité, moi je vais me la prendre de plein fouet, et je ne serai certainement pas la seule. Je me serre déjà la ceinture, et ça ne va pas s'arranger !

Alors j'aimerais mieux que ces gentils people nous épargnent leurs injonctions et leurs leçons de morale pondues depuis leur loft de Saint-Germain-des-Prés, leur villa à Miami ou leur maison du Cap Ferret, et qu'ils fassent leur boulot. Qu'ils soient beaux, qu'ils nous fassent rire, rêver, pleurer, ce sera déjà bien. C'est une question de décence.

Dans la nuit, j'ai deviné que Manava écarquillait les yeux et que ce concept de décence ne lui était pas familier. Alors je me suis trouvée un peu ridicule à m'énerver toute seule, et ma colère est retombée rapidement. (J'ai des bouffées de rage, comme d'autres ont des bouffées de chaleur.)

> « Bon, O.K., t'as raison, a-t-elle répondu. L'après, ça va pas être la révolution. Je vais repartir à Ibiza pour le tournage de *L'île de l'amour*. Je vais rompre avec ce crétin de Jordan, ça fera un rebondissement sur le tournage et c'est toujours bon pour le buzz. Je vais accepter le contrat qu'on m'a proposé pour la soirée d'inauguration d'une discothèque au Cap d'Agde. Et puis je vais me renseigner pour mes pommettes ; il paraît qu'en injectant un peu d'acide hyaluronique, ça les remonte et ça fait un trop joli galbe. »

On continue à fumer, pensives, dans la nuit. Et puis, d'un coup, Manava reprend plus joyeusement :

> « Mais avant ça, on va organiser une grande fête pour le retour d'Esther. On fera ça dehors. Elle aime le

printemps ; je vais me débrouiller pour trouver un coin sympa dans un jardin. On allumera des bougies partout, on invitera David et on dansera sur du Bob Sinclar et du David Guetta. Tu sais, je connais du monde. Si ça se trouve, je peux même les faire venir. On pourra faire des vidéos TikTok, on lui chantera *Come prima*, ça va être génial ! »

Il y a quelque chose chez cette fille, un optimisme, une force, une détermination sans faille qui font que, pas un instant, je n'ai douté de la faisabilité de son projet. À ce moment précis, je *savais* qu'elle serait capable de mobiliser son réseau, de privatiser un jardin public et peut-être même d'organiser la rencontre improbable entre Esther et des célèbres DJ pour célébrer le retour de notre vieille amie. Subitement, dans ses mots, dans sa voix et dans sa fougue, le printemps est revenu. Peut-être même la promesse d'un bel été.

Elle a poursuivi :

« Quand je partirai en tournage, il faudra que toi et Esther, vous vous occupiez de mon géranium, et puis, si un soir, t'es en galère pour tes enfants, je pourrai te les garder. Tu sais, avant de devenir connue, pour me payer ma première opération et avant de faire des castings, je faisais du babysitting ; je m'y connais en gamins. Je ferai une vidéo YouTube avec eux, sur "Dix manières d'occuper les enfants". Et puis, quand je voyagerai pour le boulot, toutes les trois, on restera en contact, on se fera des FaceTime tous les jours. Je n'appelle jamais personne, d'habitude, quand je suis en tournage. Jamais ! Je te jure : ça sera la première fois !

Je vous montrerai où je suis, les plages, la mer, la tête de ce con de Jordan, et puis on se donnera des nouvelles. Si ça se trouve, on pourrait même se faire des vacances ensemble ! Je déconne pas, tu sais. Je signe un nouveau contrat de pub, hop ! j'ai plein de thune, je loue une grande maison à Saint-Trop, et on se fait une semaine entre filles.

J'ai rigolé, et puis j'ai dit :

— O.K., mais une maison avec un balcon, alors. »

Damien et Hugo

« Quoi de neuf ?

— Rien.

— Des news de la voisine ?

— Nan.

— Et Mum, comment ça va ?

— Ça va. Elle fait de la pâtisserie pour se calmer.

— Aïe. Désolé. Elle a fait quoi ?

— Ce matin, elle a fait des keum en pain d'épice.

— J'adore les bonhommes en pain d'épice, ça me rappelle mon enfance. Elle a dead ça bien ou alors c'est encore golri ? ☺

— ARRETTE de parler comme ça, p'pa, t'es relou ! Parle NORMALEMENT.

— O.K., c'est bon, j'arrête. Désolé. Alors ces bonhommes en pain d'épice ?

— Question goût, c'est pas mauvais. Question look... Je t'envoie des photos. Tu vas rire.

— Photos des bonshommes reçues. J'adore, merci : effectivement, j'ai bien ri ! Tu veux mon avis de médecin ?

— Yep.

— Il semblerait que les deux souffrent de malformations congénitales sérieuses. Le plus cuit doit avoir une aplasie partielle des os du crâne, tandis que l'autre souffre visiblement d'une dysplasie congénitale de la hanche. Les deux sont atteints également de syndactylie (accolement et fusion de plusieurs doigts), vraisemblablement due à une température de cuisson trop élevée.

— Parle NORMALEMENT ! »

Jour 35

Manava

David a appelé. Au téléphone, je ne pouvais pas voir sa tête étrange, mais j'ai senti que ça n'allait pas.

> « Allô Marava ?
>
> — Putain, mec, pour la millième fois, c'est MA NA VA. Tu peux pas faire un effort une fois dans ta vie pour mémoriser mon putain de prénom ? C'est compliqué, MA NA VA ? Tu le fais exprès ou t'es vraiment con ? »

Il y a eu un grand silence, durant lequel j'ai regretté de m'être énervée comme ça. Mais depuis l'histoire des burgers, l'intoxication d'Esther, je suis pas bien. Et puis il a repris la parole.

> « C'est le Covid. Hier soir, Esther a commencé à tousser violemment et à respirer difficilement. Alors ils l'ont testée. Positive au Covid-19.

J'ai senti mon ventre se tordre, encore pire que quand j'ai été éliminée à l'épreuve du pole dance dans *Survivor of love* :

— Mais qu'est-ce que tu racontes, mec ? Elle avait mal au ventre, Esther. C'est juste une saleté d'indigestion à cause de mes putains de burgers. C'est pas ça, les symptômes du Covid machin.

— Il y a de multiples symptômes. On ne connaît pas vraiment bien la maladie, et elle peut se manifester de plusieurs manières différentes. Les nausées, la diarrhée, le mal de ventre, les maux de tête, la grande fatigue, ce sont aussi des signes annonciateurs de la maladie dans certains cas. J'aurais dû m'en douter dès qu'Esther a commencé à avoir de la fièvre. »

Ça m'arrive pas souvent, mais j'ai plus su quoi dire. En temps normal, je suis une fille qui a la tchatche, je sais répondre. En punchlines, je me défends très bien. Mais là, putain, Esther avec ce truc dont tout le monde parle et dont on meurt ! Personne meurt d'une intoxication à un putain de hamburger-frites. Personne meurt d'un coup de froid attrapé en buvant du champagne sur un balcon à la nuit tombée. Mais ça… Je veux pas faire ma Céline, accro aux émissions de BFM et CNews, mais je sais très bien que ça craint quand on est vieux. Et Mamie Nova, elle a au moins cent-dix ans.

J'ai repris la parole, parce que je sentais bien que David, à l'autre bout du fil, osait plus rien dire. Je l'imaginais chercher désespérément quel regard adopter, quel mot prononcer sans faire de conneries.

« Comment elle a pu attraper cette saloperie ?

— Impossible de savoir. Elle ne voulait pas renoncer à sortir et elle ne prenait pas beaucoup de précautions. Elle a pu le choper de plein de manières.

— Il va se passer quoi, alors ?

— Je ne sais pas, Marava, je sais pas… Je ne peux pas la voir, personne ne peut maintenant qu'elle a été diagnostiquée positive. J'essaye d'avoir des nouvelles par une collègue aide-soignante qui bosse dans le service. On a fait nos études ensemble ; elle est cool, mais c'est compliqué, et tout évolue très vite. »

Tout à coup, la dégueulasserie de la situation m'est apparue. Un peu comme dans *L'île de l'amour*, quand on avait compris que la prod nous manipulait et que, depuis le début, c'était le couple Jessica et Steeve qui devait gagner le concours. Nous, comme des cons, on faisait les épreuves, on construisait des radeaux, on se roulait dans la boue, on se déchirait, vraiment. Et puis, un jour, lors d'une épreuve de tir à l'arc où ce crétin de Dylan venait pour une fois de viser parfaitement la cible, on s'est rendu compte que, malgré tout, on serait pas proclamés vainqueurs : il suffit de faire une coupure au montage pour changer complètement une scène. Ils nous ont sorti une connerie de règlement, qu'on avait pas respecté la distance de tir ou un truc dans ce genre. Bien sûr, ça m'a rendue folle de rage, mais là encore, au montage, on voyait juste une scène où je semblais en colère d'avoir perdu.

Mais la vérité, c'est que, par un pur hasard, on était les putains de gagnants de l'épreuve, mais que la prod avait décidé que ça devait pas être nous. Plus tard, j'ai appris que Jessica et Steeve avaient déjà signé le contrat pour la suite, *Survivor 2, le choc des champions*. Ça m'a fait un gros choc, jusque dans le ventre, là où normalement, j'ai un peu de contracture à cause de ma ceinture de simulation musculaire, avec une envie de vomir et de hurler. J'avais déjà ressenti ça, gamine, le jour où j'ai compris que Camille allait partir et pas moi.

Bref, de savoir Esther toute seule à l'hôpital, ça m'a mise en colère. J'ai dit :

> « On peut pas la laisser comme ça, toute seule. Il faut qu'on aille la voir, débrouille-toi ! »

David m'a répondu que je planais complètement, qu'on ne pouvait pas la voir, que c'était impossible en pleine pandémie et qu'on ne nous laisserait jamais rentrer dans le service, de toute façon, etc. J'étais trop dégoutée, j'ai crié :

> « C'est bien ce qu'on verra ! Je suis pas n'importe qui, j'ai bientôt un million de followers, je passe à la télé, je suis connue, la vie de ma mère, je m'en fous, je rentre dans leur putain d'hosto, j'te jure, David, j'te jure ! »

J'ai dit ça pour l'impressionner, bien sûr, et parce que j'étais en colère. « La vie de ma mère », c'est exactement le genre d'expression de merde que je sors quand je suis très en colère. Vu que, de mère, j'en ai jamais eu, de toute façon (et de vie non plus, d'ailleurs, quand j'y pense).

Damien et Hugo

> « Quoi de neuf, mon grand ? Moi, je suis épuisé, décalqué. Je ne sais plus si on est aujourd'hui ou hier. C'est un peu la folie en ce moment, au cabinet, à l'hôpital, partout. Et toi ?
>
> — Rien. Mum fait la gueule, on s'ennuie.
>
> — C'est bientôt fini, mon grand, courage. C'est bientôt fini.

— Tu crois kon revivra kom avant, un jour ? Et si ça s'arrêtait plus jamais ?

— Tu fais comment quand tu joues à tes jeux vidéo ?

— Ben, j'lance la mission, j'prends mes armes et je me bats.

— Tu laisses tomber quand c'est trop dur ? Tu arrêtes avant la fin de la partie ?

— Nan, t'es ouf. Tant que j'ai des vies, je continue. Sinon, c'est pas la peine de jouer.

— Voila. Tant qu'on a des vies, on continue à se battre, Fils. »

Jour 37

Esther

J'ai toujours été ordonnée. D'aussi loin que je me souvienne, ranger m'a toujours apporté un sentiment de paix intérieure. Alors je me dis que je peux aussi mettre un peu d'ordre dans mes souvenirs. Les classer soigneusement. Les trier aussi. Sélectionner ce qui mérite d'être conservé et jeter le reste.

En premier, je garderais la campagne. La petite fille timide et rêveuse que j'étais, qui n'aimait rien tant que d'arpenter les sentiers à la fin de l'été pour ramasser des mûres. Je me souviens de tout, je garde tout : la délicieuse acidité des premières baies de juillet, le goût presque écœurant des fruits très sucrés de la fin de saison, mon tablier taché et mes mains violacées d'avoir trop serré ma précieuse récolte.

Je garde l'école aussi, la fierté d'apprendre à lire, à écrire. Les lettres rondes tracées avec application. Les tables de multiplication, au dos des cahiers. L'odeur du petit pot de colle. Ah oui ! Je garde la marelle et un jeu, une ritournelle entêtante : 1, 2, 3... Soleil !!! Je garde l'insouciance et les rires, pour toujours.

En revanche, je ne veux rien conserver de la fin de l'enfance et de l'adolescence ingrate, mais j'archive bien volontiers le délicieux frisson d'une main qui s'empare de la mienne un peu maladroitement et qui la serre un peu trop longtemps. Et puis, plus tard, cette découverte, sidérante, qu'un baiser dans le cou pouvait vous faire avoir des frissons jusque dans les orteils, et que finalement, à partir d'un certain âge, l'amour devenait bien plus intéressant que les mûres.

Je garde la petite chapelle, l'émotion de ma mère, la fierté de mon père qui me guide à travers l'allée, la marche nuptiale jouée par une vieille dame qui se tient très droite ; les fleurs dans les cheveux et la robe blanche, avec des petites broderies sur le haut des manches et une jupe évasée, faite pour tourner, tourner toute une nuit de danse. Je garde les mains de Georges sur ma taille, qui me serraient, me guidaient et qui ne m'ont jamais lâchée pendant quarante ans. J'ai tellement chéri cette soirée que je veux même me souvenir de l'atroce mal de pied qui s'ensuivit.

Je garde les fleurs : j'ai eu tant de chance d'avoir des fleurs toute ma vie ! Même dans les périodes pauvres, j'avais des primevères chipées dans les massifs ou des marguerites ramassées au bord des chemins. Ces simples bouquets de fleurs des champs ont à mes yeux tellement plus de prix que toutes les luxueuses gerbes de roses du monde : ce sont les offrandes d'un homme qui, toute sa vie, quoi qu'il fasse, aura toujours pris le temps de s'agenouiller pour me cueillir des preuves d'amour.

Je garde les baisers, bien entendu, tous, sans distinction : les torrides du début, les pressés avant de partir au travail, les inattendus qui vous prennent par surprise et vous mettent le sourire aux lèvres pour la journée. Je garde aussi les baisers sur le front que l'on fait presque machinalement avec le temps, parce que, dans cette habitude-là, il y a encore tant de tendresse.

Je garde tout de la maternité. Tout. Même les nausées, même les douleurs. Je garde l'odeur, surtout, ce doux parfum de lait, de savon et de sucrerie, qui a été leur odeur tant d'années. Je garde les devoirs, les poésies de Béatrice, les boîtes de crayons de couleur, les dessins maladroits de Marc qu'il faisait en tirant la langue, pour ne pas dépasser…

Je garde les complots de la fête des mères, les surprises, les gâteaux, les bougies multicolores, les visages ravis et repus barbouillés de chocolat. Je garde les jeux, les dés qui roulent sur le plateau, les petits chevaux qui avancent de trois cases. Il y avait toujours un moment où Béatrice se mettait à pleurer. Je garde les accusations de tricherie, les bouderies, les réconciliations. Il y avait toujours un moment où elle ne se souvenait plus pour quoi elle pleurait.

Je garde les câlins, les histoires du soir pour s'endormir, mes efforts pour faire la grosse voix du Capitaine Crochet, et puis mes mains qui s'envolent pour imiter la Fée Clochette. Je garde leurs bras autour de mon cou qui me serrent, mes protestations rieuses : « Pas si fort, tu vas m'étouffer, voyons ! » Je garde la petite voix de Marc, qui me chuchotait à l'oreille : « Tu laisses la petite lumière, hein ? » Et la voix de Georges, agacé, qui disait : « Jusqu'à quand on va devoir laisser allumé ? À son âge, enfin ! » Depuis, j'ai toujours gardé l'habitude de laisser une petite lumière dans le couloir.

Je garde aussi les années d'après, la toise dessinée à même le mur, les corps qui grandissent trop vite, les pantalons, les chaussures qui deviennent trop petits, les appareils dentaires, les moues boudeuses, les yeux en permanence levés au ciel, les haussements d'épaules, les silences obstinés, les grosses colères. Parce que je me souviens bien qu'au milieu des orages et des nuages maussades de l'adolescence, il y avait toujours, au final, un sourire lumineux et malicieux qui transperçait ce ciel gris et qui sentait encore bon l'enfance.

Je ne garde pas le cœur serré, le vide après les envols, ces stupides appels téléphoniques du bout du monde auxquels je n'ai jamais pu m'habituer, sauf à la fin, quand La Petite m'a montré comment avoir les images et quand j'ai enfin pu retrouver leurs sourires. En revanche, je conserve précieusement les retrouvailles, même si elles étaient rares. Ces réunions de famille où l'on sort les nappes blanches et repassées, la belle vaisselle, et où tout l'amour du monde s'exprime dans les plats longuement mijotés, dans les étreintes pudiques et dans ce chuchotement dans l'oreille au moment de se séparer : « Envoie-moi un message quand tu arrives, promis ? »

Et puis, je garde ces dernières semaines. Comme un cadeau inattendu, quand on pense avoir tout déballé et qu'on s'aperçoit qu'il en reste encore d'autres, cachés. Ce sont souvent les plus beaux.

Manava, à la mine perpétuellement boudeuse, dont le visage s'éclaire quand on l'aime. Un peu comme ces plantes qui n'ont jamais été arrosées et qui renaissent et s'épanouissent en un clin d'œil, avec juste un peu d'eau. Je ne l'ai jamais serrée dans mes bras, et c'est un grand regret. Je sais ce qu'elle aurait dit. Elle aurait eu le souci de ne pas décoiffer ses longs cheveux dans l'étreinte et elle aurait fait semblant de se dégager en bougonnant : « C'est bon, là ! » Mais je sais aussi qu'elle aurait gardé discrètement sa main dans la mienne.

Je veux emporter Céline, aussi, ses rires, ses tentatives culinaires désespérées, sa façon de nous faire rire avec sa tristesse, cette drôle de petite princesse déchue, cachée dans un corps de culturiste. Elle aussi, j'aurais beaucoup aimé la serrer dans mes bras, et je sais que la rencontre de nos deux silhouettes, la mienne, toute frêle, et la sienne, grande et vigoureuse, aurait été un instant de grande douceur.

Je garde mon cher petit David, bien entendu, son application pour comprendre le monde, ses sourires toujours inattendus, son obstination à établir ses listes surréalistes, empreintes d'une poésie involontaire. J'espère qu'il sait qu'il est dans *ma* liste pour l'éternité.

J'aurais aimé conserver tant d'autres choses encore ! Mais je ne veux pas tout mélanger et risquer de perdre le plus important. Alors j'ai trié, j'ai tout rangé et tout plié, bien à plat, sans faux plis, soigneusement aligné, comme lorsqu'on fait sa valise. Une valise de jolis et doux souvenirs.

Ranger m'a toujours apporté un sentiment de paix intérieure.

Je suis prête.

Je n'ai pas peur.

Je ne veux pas de vos appareils et de vos respirateurs. Laissez ça à ceux qui ont encore tant de souvenirs à se fabriquer, à ceux qui ont une valise encore un peu vide.

Je n'ai pas peur.

Damien et Hugo

« T'es là Dad ?

— Oui, mon grand. Qu'est ce qui se passe ? Ça va ?

— Mwé. Moyen.

— ??

— Nan, nous ça va TKT. Tu sais, la voisine que maman kiffe ?

— Celle dont tu m'as envoyé les photos sur Instagram ? La "peufra" ?

— Nan, l'autre, la vieille.

— Ok. Et ?

— Elle est morte cette nuit.

— Mince.

— Mum pleure dans la cuisine. Elle le fait tout doucement, elle veut pas qu'on la voie comme ça, surtout les jumeaux, j'imagine. Alors elle fait genre "je suis occupée, je cuisine." Ça fait deux heures qu'elle renifle dans la pâte à pain.

— Mince.

— Mwé. Moi, je suis avec les jumeaux sur le canapé, je leur ai mis la TV, on chahute pas. On mange des chips et des céréales ; Mum a même pas râlé sur l'équilibre alimentaire. D'où je suis, je la vois de dos, elle pétrit sa pâte comme quand elle est très très énervée. Et elle renifle. Beaucoup.

— Pffff... Pas cool. Tu sais si elle est morte du virus, la voisine ?

— Je crois. Mum dit qu'elle sortait chaque jour et qu'elle faisait pas trop attention.

— Bon. C'est très triste. Sois gentil avec maman, occupe-toi bien des petits. Dis-lui que si elle a besoin de parler, elle peut m'appeler quand elle veut. Ça va aller, toi, mon grand ?

— Mwé. C'est juste chelou. Elle était sympa la voisine. Je la voyais juste à distance quand je lui posais ses courses, mais elle voulait toujours savoir comment j'allais, si je m'ennuyais pas trop, etc. Ça fout les boules.

— Pffff… Cette période est vraiment terrible, mon grand. Ça me désole de me dire que tu rentres de plain-pied dans un monde affreux, où tout ce qu'on a à te proposer comme horizon, c'est de te terrer chez toi, en croisant les doigts pour ne pas qu'une saleté de virus ne te tombe dessus.

— Ça va s'arranger, t'as dit.

— J'espère, mon grand. Ça me rend fou de me dire qu'on vit dans une période où on n'a pas de tests, pas de gel, pas de masques, rien. Juste notre inquiétude, notre peur au ventre, et nos yeux pour pleurer les vieilles dames qui meurent seules dans des hôpitaux, juste entourées de soignants épuisés, vêtus de surblouses en sac poubelle. La misère. La hass, comme tu dis. La vraie.

— Ça va aller Dad.

— Oui, tu as raison. Pardon. Je suis épuisé. Dis à ta mère que je l'appelle ce soir. Je vous embrasse. Je t'aime, mon grand. Prenez soin de vous surtout.

— Yep. Je t'M aussi. »

Jour 41

Céline

Ça m'a fait bizarre de sortir de chez moi. Ça faisait tellement longtemps que je n'avais pas marché dans la rue, autrement que pour acheter rapidement des provisions. Il ne faisait pas très beau, un temps sec et un peu froid, un temps gris clair, presque blanc. Pas vraiment un temps de printemps. J'ai pensé que c'était un bon temps pour un enterrement. Ça faisait tellement longtemps que je n'avais pas pris les transports en commun ! Je me sentais un peu honteuse de savourer l'air frais sur mon visage et le bonheur de marcher tout droit, dans une avenue.

Quand je suis arrivée à la cérémonie, il y avait peu de monde. De toute façon, le nombre de personnes est limité. Marc et Béatrice n'avaient pas dû avoir le droit de faire le déplacement, et j'ai imaginé leur détresse, chacun à l'autre bout de la planète. David était là, très droit, le visage tellement immobile sous son masque qu'on l'aurait dit figé dans le marbre, emmitouflé dans une parka légère. Manava aurait dit « dans une tenue de plouc qui va faire du camping », mais elle n'était pas là. J'avais attendu en vain sur le balcon, sonné à sa porte ce matin ; je n'avais reçu qu'un silence froid et obstiné.

Hormis David et moi, il y avait essentiellement des personnes âgées, sans doute des amis d'Esther et de son mari, et trois employés des pompes funèbres, qui jetaient des regards inquiets et méfiants autour d'eux, comme si, à tout moment, quelqu'un dans l'assemblée allait leur tousser dessus. Il y a eu un petit moment de gêne quand le téléphone portable de David s'est mis à sonner. Confus et écarlate, le jeune homme s'est précipité pour l'éteindre, et ça m'a serré le cœur quand j'ai reconnu la sonnerie *Come prima*...

Et puis, à un moment, elle est arrivée. Spectaculaire, dans une tenue invraisemblable. Une jupe rouge à volants, si courte qu'on en aurait dit une ceinture, et un haut incroyablement peu couvrant, une sorte de soutien-gorge de maillot de bain au crochet. Elle s'est avancée dans l'allée, sans hésiter, et elle s'est arrêtée à quelques mètres de nous. Malgré ses talons hauts, elle m'est soudainement apparue minuscule et fragile. Elle m'a fait penser à une petite fille qui aurait emprunté les chaussures de sa mère et son maquillage.

Elle fixait le cercueil avec sévérité, comme si elle voulait intimer l'ordre à Esther de soulever le couvercle et de sortir. Je connaissais cette petite mine butée, ces sourcils froncés et ce front plissé : c'était l'air qu'elle avait quand elle entraînait Esther à faire ses mouvements. La vieille dame soufflait, disait : « Ouh là, pas si vite, ma Petite ! » Mais Manava riait et ne lâchait jamais. Elle disait : « Non non, c'est pas encore le moment d'arrêter ! On lâche rien. Pensez au moment où on ira faire les belles sur la plage à Ibiza. » Et ça nous faisait tellement rire, Esther et moi, de nous imaginer à Ibiza… Et plus on riait, plus Manava prenait un air sérieux, presque fâché : « On le fera, vous verrez, on le fera. Il y a déjà eu des participants qui ont eu le droit d'emmener leur famille sur le tournage. Vous verrez, on le fera. »

C'était le printemps, mais il y avait un petit vent frais. J'ai machinalement resserré les pans de ma veste sur moi. Manava se tenait toujours dans l'allée, toute droite, dans une position de défi, si peu vêtue. C'est idiot, mais soudainement, j'ai eu l'impression qu'elle était venue pour ça, qu'elle attendait simplement que la voix d'Esther retentisse et lui dise : « Oh, mais il fait frisquet. Mettez un chandail, vous allez attraper la mort, ma Petite, voyons. Couvrez-vous. »

Un jour, elle m'avait dit que jamais personne ne s'était inquiété pour elle, et je n'ai pas pu m'empêcher de penser que c'était pour ça qu'elle restait ainsi, frissonnante et pétrifiée, dans le froid sec. Je la savais trop fière pour pleurer. Je sentais que toute la tension de son corps et son énergie étaient concentrées dans ses efforts pour garder les yeux secs. Elle nous avait confié une fois détester les « connasses de chouineuses », que ça soit sur YouTube ou dans la vie. Seul l'imperceptible tremblement de sa lèvre inférieure trahissait son chagrin.

David et moi, on s'est regardés brièvement. Un courant d'air glacial soufflait dans le cimetière. « Vous allez attraper la mort, ma Petite », aurait dit Esther… Esther, qui se souciait toujours de tout le monde et qui n'aimait rien tant que de prendre soin des autres. Dans un réflexe maternel, je me suis levée et j'ai entouré de mon bras les épaules et les bras de la jeune fille. J'ai beau être grande et forte, je n'arrivais pas à couvrir tant de surface de peau nue. Alors David s'est levé et, à son tour, il a passé son bras autour de la taille de Manava.

On est restés ainsi tous les trois, serrés, attendant que la chaleur nous gagne un peu, et puis on a commencé à marcher le long de l'allée. Personne ne parlait, mais nous marchions exactement au même rythme, comme si nous étions guidés par une main invisible, chargée de régler nos pas. À un moment, David s'est arrêté, et comme nous ne voulions pas rompre notre harmonie, nous avons marqué une pause, nous aussi.

Les nuages gris blanc se dispersaient peu à peu, comme découpés par un rayon laser de soleil, et à l'endroit où ils s'écartaient apparaissaient çà et là des trouées de ciel bleu lumineux. Dans quelques heures, l'azur serait revenu.

David nous a montré le ciel et il a dit en souriant : « le printemps ».

FIN

Relecture : Delphine Dubois, Servane Heudiard
Couverture : Lionel Rousseau
Photo de couverture : Isabelle Mourié
Mise en page : Alain Miskovic

Imprimé en Europe par Printcorp

978 249 240 002 5

Sixième(s)